JN434869

셰익스피어 전집 007

오셀로

셰익스피어 전집

007

오셀로

윌리엄 셰익스피어(William Shakespeare)

오수진 옮김

Othello

HU:iNE

옮긴이의 말

셰익스피어 4대 비극 중 하나인 『오셀로』는 수업 시간에 셰익스피어 작품을 다룰 때도 가능하면 피하고 싶을 만큼 어려운 작품이었다. 2019년 봄, 우연히 내게 『오셀로』 번역을 할 수 있는 기회가 와서 많은 고민 끝에 결정을 하고 번역을 시작했다.

사실 셰익스피어를 연구하는 많은 학자가 『오셀로』 번역을 했기 때문에 이미 다양한 『오셀로』 번역서가 있다. 이런 상황에서 내가 한 번역이 얼마나 차별화가 있을까 하는 생각에 계속 망설이던 차에 셰익스피어 생가인 스트랫포드 어폰 에이븐에 방문할 일이 생겨서 셰익스피어 호텔에 4일 동안 머물렀다. 정말 우연히도 방에 오셀로 그림이 있었다. 『오셀로』의 2막 1장의 한 장면인, 사이프러스에서 오셀로와 데스데모나가 재회하는 장면을 4일 내내 바라보면서 '『오셀로』 번역을 열심히 해 보자' 다짐을 하고 한국으로 돌아왔다. 『오셀로』 번역을 하면서 이아고의 많은 대사에 치이고 포기하고 싶은 순간이 많았지만 주변 사람들의 도움 덕분에 작업을 완성할 수 있었다.

번역 텍스트로는 호니그맨(E. A. J. Honigmann)이 편집한 『아든 셰익스피어 *The Arden Shakespeare*』를 중심으로 참고했고, 『뉴 케임브리지 *The New Cambridge Shakespeare*』와 『옥스퍼드 셰익스피어 *The Oxford Shakespeare*』를 함께 참고했다. 주석은 독자의 이해를 돕기 위해 일부분만 각주로 처리했다. 주석에서 (*Arden*)은 호니그맨 편집본을 가리키며 독자의 이해를 돕기 위해 일부분만 각주로 처리했다. 독자들이 원문과 대조해 읽기 편하도록 운문의 행수를 원전의 행수와 되도록 맞춰 번역하려고 했지만, 내용의 흐름이 자연스럽도록 행수가 맞지 않는 부분이 많이 있다. 이번 번역의 목표를 학문적 텍스트 읽기뿐만 아니라 무대 공연을 위한 대본 작성으로 정했으며, 최대한 구어체로 옮기고 한자식 표현을 자제하려고 노력했다. 하지만 원문과 가깝게 번역하려다 보니 어색한 문어체 표현이 종종 보이고 한자 표기를 함께한 부분도 있다. 셰익스피어의 언어를 제대로 우리말로 살리지 못해 큰 아쉬움이 남는다. 특히 『오셀로』에 많이 등장하는 성적인 표현이나 욕설, 말장난 등을 번역할 때 어떻게 표현해야 할지를 두고 어려움이 많았다. 매우 어려운 작업이었지만 한편으로는 작품을 매일 분석하며 셰익스피어의 작품 세계를 좀 더 이해할 수 있는 소중한 시간이었다.

셰익스피어 번역을 기획하신 한국외국어대학교 지식출판콘텐츠원 가정준 교수님, 신선호 팀장님 그리고 부족한 글을 오래 기다려 주신 이병철 선생님께 감사의 뜻을 전한다. 그리고 항상 지켜봐 주시고 조언을 해 주시는 박우수 교수님, 셰익스피어 번역 프로젝트를 총괄하고 계시는 권오숙 교수님, 좋은 지적을 해 주시는 도해자 교수님, 조혜영 교수님, 박현하 학생 더불어 지식출판콘텐츠원 셰익스피어 번역에 참여한 모든 교수님께 감사의 뜻을 전한다.

목차

등장인물들

오셀로	베니스의 무어인
브라반시오	데스데모나의 아버지, 베니스의 원로원 의원
캐시오	오셀로의 부관 장교
이아고	오셀로의 기수(旗手)
로더리고	데스데모나에게 반한 베니스의 신사
베니스의 공작	
베니스의 원로원 의원들	
몬타노	사이프러스의 행정관
사이프러스의 신사들	
로도비코	브라반시오의 친척
그라시아노	브라반시오의 동생
선원들	
광대	

데스메모나 브라반시오의 딸, 오셀로의 아내

에밀리아 이아고의 아내

비앙카 부자들을 상대하는 매춘부, 캐시오의 애인

광대 오셀로의 하인

사자(messenger), 전령, 관리들, 신사들, 악사들, 시종들

장소

1막 – 베니스

2~5막 – 사이프러스

1막 1장

(로더리고와 이아고 등장)

로더리고 쳇, 그만하라고. 난 정말 섭섭하네.
이아고, 자네는 내 지갑 끈을 마치 자기 것처럼
마구 사용하면서 이 일을 알고 있었어야지.

이아고 제기랄, 내 말을 들으려 하질 않는군. 내가 이런 일이
생길 줄 꿈에서라도 알았다면 날 혐오해도 좋아.

로더리고 자네는 그자를
증오한다고 내게 말했잖아.

이아고 내가 그자를 증오하지 않는다면
날 경멸하라고. 베니스의 명망가 세 분이
직접 그자를 만나 나를 그자의 부관으로 써 달라고

부탁하며 모자를 벗었다네.[1] 맹세컨대
난 내 가치를 알아. 그 자리에 앉을 자격이 충분하다고.
그런데 그자는 거만하고 자기 생각대로 행하는 자라
전쟁 용어로 가득 찬 호언장담만 늘어놓으며
교묘하게 피하더란 말이오.
결론적으로 말하면
나를 추천한 분들의 부탁을 거절한 거지.
그자는 '사실은 전 이미 부관을 정했습니다'라고 했다는군.
그런데 그게 누군지 아나?
나 참 기가 막혀서, 대단한 전술가인[2]
마이클 캐시오라는 자인데, 피렌체 출신에
예쁜 아내 때문에 곤욕을 치를 놈인 데다가
전쟁터에서 부대를 지휘한 적도 없고
병력 배치법도 모르니, 계집보다 나을 게 없어.
아는 거라곤 책에 있는 이론 말고는 없단 말이지.
책 이론으로는 토가를 걸친 의원들도 그자만큼
아는 척할 수 있지. 그자는 군인으로서 실전 능력은 없고
입으로만 떠벌이는 게 전부라고. 그런데 그자가 뽑혔다네.
로도스에서, 사이프러스에서 그리고 다른

1) 여기서 모자를 벗는 것은 존경의 표시다(*Arden* 116).
2) 이아고는 전쟁 경험은 부족한 캐시오가 이론만 빠삭한 사실을 조롱하며 '대단한 전술가'라고 표현한다(*Arden* 116).

기독교 땅이나 이교도 땅에서도 무어인 눈에 확실히
능력을 증명한 나는 장부 정리나 할 놈한테 막혀서
가만있어야 한다니. 이 이론뿐인 놈은
진짜로 부관이 되고, 난 기막히게도
무어인 각하의 기수란 말이지!

로더리고 맹세코, 나라면 차라리 그자의 교수형 집행인이 되겠어.

이아고 정말로 방법이 없네. 이건 군인 노릇의 저주야.
두 번째가 첫 번째를 물려받는 전통적인 서열이 아니라
추천장과 친분으로 승진이 되고 있으니 말이야. 이제 자네가
판단해 봐. 내가 어떤 식으로든 이 무어인을 사랑할
입장인지 아닌지 말이야.

로더리고 나라면 그자를 따르지 않겠어.

이아고 오, 걱정 말라고!
그자를 따르는 건 다 속셈이 있어서야.
우리가 모두 주인이 될 수는 없지. 모든 주인이
진정으로 추종받는 것도 아니고. 자네도 보다시피
충성을 다하며 굽실거리는 사람이 많잖아.
주인의 당나귀처럼 복종하고 노예 행세를 하며
시간을 낭비하고 콩깍지나 얻어먹다가
나이 들면 내쫓기는 거지.
그런 정직한 놈들은 매 맞아도 싸! 다른 이들도 있어.

충성스러운 태도와 얼굴을 하고선
마음은 줄곧 자기 자신들만 받들고,
주인에게는 의무를 다하는 척하며
그들 덕에 잘살고 지갑이 두둑해지면
자신에게만 충성하지. 이런 자들이 제정신이야.
내가 바로 그런 류란 말이지. 이봐,
자네가 로더리고인 것만큼이나 확실하게
내가 무어인이면 이아고가 되고 싶지 않으니까.[3]
그자를 따르면서 단지 내 자신을 따를 뿐이야.
사랑과 의무 때문이 아니라 내 개인적인 목적을 위해
섬기는 척하는 거란 걸 하늘이 알지.
내 마음속 은밀한 계획과 의도가
겉으로 나타난 내 행동으로 보인다면
머지않아 내 심장을 소매 위에 달고 다니며
갈까마귀가 쪼아 먹게 버려 두겠지. 나는 겉보기와는 다르다고.

로더리고 그 입술 두꺼운 놈[4]이 이 일을 성사한다면,
운수 대통한 거 아닌가!

이아고 그녀 아버지를 불러내.

---

3) 이아고는 자신이 장군이라면 부하가 되지 않을 것이라는 의도로 말한다. 즉 오셀로처럼 되고 싶은 자신의 마음을 로더리고에게 밝힌다.

4) 로더리고가 무어인 오셀로의 외모를 비하하며 인종적으로 경멸하고 있음을 알 수 있다.

그자를 깨우고 뒤쫓아가서 재미 볼 때 초치며
길에 그놈 행실을 퍼트려. 그녀 친척들을 자극해
그놈이 행복한 기분에 빠져 있더라도
파리 떼로 괴롭혀야지! 한껏 기쁨에 넘쳐 있겠지만
온갖 성가신 것을 퍼부어 대면,
그 기쁨이 좀 줄어들며 빛이 좀 바랠 거 아닌가.

로더리고 여기가 그녀 아버지 집이야. 큰소리로 불러 봐야지.

이아고 큰소리로 불러 봐. 한밤중에 경계를 소홀히 하다가
사람 많은 도시에서 불이 났을 때처럼
겁에 질린 목소리로 무섭게 고함쳐 보라고.

로더리고 여보시오, 브라반시오, 브라반시오 의원님, 여기요!

이아고 일어나세요!, 이보쇼, 브라반시오 님! 도둑이야, 도둑, 도둑!
집 안을 살펴보시고 따님과 돈지갑을 조심하세요.
도둑이야, 도둑!

(위쪽 창문에 브라반시오가 등장한다.)

브라반시오 무슨 일로 이렇게 미친 듯이 불러 대는 것이냐?
거기 무슨 일인가?

로더리고 의원님, 가족은 모두 안에 계신가요?

이아고 문단속은 잘하셨나요?

브라반시오 아니, 그건 왜 묻는 건가?
이아고 아이고 의원님, 도둑 맞으셨어요. 우선 가운부터 걸치세요.
의원님 심장이 터졌으니, 영혼의 반을 잃으신 거예요.
지금, 바로 지금도 늙고 시커먼 숫양이
의원님의 흰 암양 위에 올라타는 중이에요. 일어나세요,
일어나시라니까요. 종을 쳐서 곤히 잠든 시민들을 깨우세요.
안 깨우면 악마가 의원님을 할아버지라고 부르게 될걸요.
일어나세요, 어서요!
브라반시오 뭐라고, 자네들 제정신인가?
로더리고 존경하는 의원님, 제 목소리를 아십니까?
브라반시오 모르겠다, 넌 누구냐?
로더리고 제 이름은 로더리고입니다.
브라반시오 반가운 이름은 아니군!
내 집 문간에 얼씬거리지 말라고 일렀을 텐데.
내 딸을 자네에게 줄 수 없다고 분명히 말했는데.
그런데도 이 시간에 저녁밥 배터지게 먹고
술에 잔뜩 취해 미친놈처럼
앙심을 품고 찾아와 객기를 부려
내 잠을 깨우다니?
로더리고 의원님, 의원님, 의원님.
브라반시오 하지만 나한테는

네놈이 이 일에 대한 대가를 톡톡히 치르게 할
힘과 지위가 있다는 사실을 분명히 알아 둬라.

로더리고 의원님, 진정하세요!

브라반시오 도둑을 맞았다는 건 무슨 얘기지? 여기는 베니스다.
우리 집은 시골 농장이 아니야.

로더리고 훌륭하신 브라반시오 님,
전 정직하고 순수한 마음으로 의원님을 찾아왔습니다.

이아고 원 참, 의원님, 악마가 시키면 하느님도 섬기지 않을 그런 분이시네요. 우리는 의원님을 도우러 왔는데, 의원님은 우리를 불한당이라고 생각하시니 말이죠. 따님이 바바리 말[5]에게 짓눌리게 내버려 두려 하시네요. 의원님 외손자들이 의원님께 히힝 인사하고 날쌘 준마를 사촌으로 삼고 스페인산 조랑말을 가까운 친척으로 두실 작정이시군요.

브라반시오 함부로 불경스러운 말을 지껄이는 네놈은 누구냐?

이아고 저는 지금 의원님의 따님과 무어인이 등이 둘 달린 짐승을 만들고 있다는 것을 말씀드리려 온 자입니다.

브라반시오 이런 나쁜 놈!

이아고 나리께서는 원로원 의원이시고요!

브라반시오 이 일은 네 책임이다. 로더리고, 너는 알아보겠다!

5) 북아프리카의 바바리 해안은 말 사육지로 유명하며 여기서 바바리 말은 오셀로를 의미한다(*Arden* 123).

로더리고 의원님, 뭐든지 책임지겠습니다. 하지만 청하건대,
의원님께서 흔쾌히 허락하신 일인지,
어느 정도 그럴 것 같기도 합니다만, 아름다운 따님께서
모두가 잠든 이 칠흑같이 까만 밤에
더 훌륭할 것도 더 나쁠 것도 없는 경호원이 아니라
천한 뱃사공 한 사람만 데리고 가신 곳이
음탕한 무어인의 역겨운 품속이란 사실을
알고서 허락하신 것인지요.
의원님께서 이 사실을 알고도 허락하신 일이라면,
저희가 무례하고 주제넘은 잘못을 저질렀습니다.
하지만 이 일을 모르고 계신다면,
저희를 꾸짖으시는 건 잘못된 일인 듯합니다.
모든 예의범절을 알고 있는 제가 존경하는
의원님을 놀리거나 장난을 친다고는 생각지 마십시오.
다시 말씀드리면, 의원님이 허락하신 게 아니라면,
따님께서는 자식 된 도리, 아름다움, 분별력 그리고 운명을
아무 데나 정신없이 떠도는 이방인에게 맡기는
엄청난 반항을 저지르신 겁니다. 당장 확인해 보십시오.
따님이 방이나 집 안에 계시다면,
의원님을 기만했다는 죄목으로
베니스의 법으로 저를 처벌하십시오.

브라반시오 여봐라, 불을 켜라!
횃불을 가져오고 사람들을 모두 깨워라.
어째 꿈자리가 사납더니 이런 일이 생겼구나.
불길한 예감이 벌써 나를 짓누른다.
불, 불을 켜라니까! (위쪽에서 퇴장)

이아고 잘 있어. 난 이만 가 봐야겠네.
무어인을 반대하는 입장이 드러나면
내 직책상 적절치 않은 데다가 이득 될 게 없어.
계속 여기 있다간 그렇게 될 테지. 내가 알지.
이 일로 그자가 질책을 받는다고 해도
국가가 그리 쉽게 놈을 파면할 수 없는 사실을 말이야.
그런 급한 이유로 그자는 사이프러스 전쟁을 지휘하게
할 거고. 당장 전쟁이 났는데 아무리 궁리해 봐도
무어인 만큼 이 일을 감당할 인물은
없으니까. 이런 이유로
내 비록 지옥의 고통처럼 놈을 증오하지만,
먹고살기 위해서 어쩔 수 없이
충성의 표시로 깃발을 흔들 수밖에 없어.
물론 거짓된 충성의 표식이지. 그놈을 확실히 찾으려면
잠 깬 수색대를 사지타리 여관[6]으로 데려가게.

---

6) 오셀로와 데스데모나가 머물고 있는 여관 또는 집의 이름이다. 사지

난 거기에 놈과 함께 있겠네. 그럼 잘 있게. (퇴장)

(실내복 차림의 브라반시오가 횃불을 든 하인들과 함께 등장)

브라반시오 정말 사실 그대로 끔찍한 일이야. 딸애가 사라졌어.
이제 멸시받는 내 여생에 남은 거라곤
비통함뿐이다. 이보게, 로더리고,
어디에서 딸을 봤느냐? 오, 불쌍한 것!
무어 놈과 함께 있다고?? 누가 아비가 되려 하겠느냐?
내 딸이라는 걸 어떻게 알았지? 오, 그 애가 날 속이다니,
상상도 못했어! 그 애가 뭐라던가? 촛불을 더 가져와라.
친척들을 모두 깨워라. 자네가 보기에 둘이 결혼한 것
같던가?

로더리고 확실히 그런 것 같습니다.

브라반시오 오, 하늘이여, 딸이 어떻게 나갔지? 오, 혈육의 배신!
아버지들이여, 이제부턴 눈에 보이는 행동만 보고
딸들의 마음을 믿지 마라. 젊은 처녀들의 마음을
홀리는 마법이 있지 않은가? 로더리고, 그런 마법에 대해

타리는 사지타리우스(Sagittarius) 또는 켄타우로스(Centaurus)라고 불리는 신화적인 인물로 허리 위로는 인간을, 그 아래는 말의 모습을 닮아서 극 후반에 이중적인 모습을 보이는 오셀로를 암시한다 (*Arden* 126).

책에서 읽은 적이 있느냐?

로더리고 그럼요, 의원님. 읽은 적 있습니다.

브라반시오 내 동생을 불러와라. 오, 자넬 사위로 삼았더라면!
너희는 이쪽으로, 너희는 저쪽으로 가라. 어디로 가야
딸애와 무어 놈을 잡을 수 있는지 아는가?

로더리고 든든한 호위병을 거느리고 저와 함께 가시면
그자를 찾을 수 있을 겁니다.

브라반시오 제발 앞장서게. 집집마다 사람들을 불러내겠어.
대부분 내 명령을 따를 테니까. 모두, 무기를 들어라!
특별 근무하는 야경들도 깨워라.
로더리고, 앞장서게, 자네 수고에 보답하겠네. (모두 퇴장)

1막 2장

(오셀로, 이아고, 횃불을 든 시종들 등장)

이아고 전쟁 중에 사람들을 죽였지만
음모로 살인을 저지르지 않는 걸
제 양심의 기본으로 삼고 있지요.
때로는 제 이익을 위한 악한 짓을 못해서
손해를 봅니다. 아홉 번인가 열 번인가
그자의 갈빗대 밑을 찔러 버릴까도 생각했어요.

오셀로 그냥 두는 게 더 나아.

이아고 아닙니다. 그놈이
장군님의 명예를 더럽히는
무례하고 모욕적인 말들을 지껄이고 떠벌리니까요.
제가 성인답지 못해서

정말 힘들게 참았어요. 그런데 장군님,
정말 결혼하신 겁니까? 분명히 아셔야 합니다.
브라반시오 의원님은 대단한 존경을 받으시며
실제로 공작의 두 배만큼이나 발언권이
셉니다. 그분은 두 분을 이혼시키거나,
자기에게 주어진 온갖 힘을 다해
법이 허용하는 범위 내에서
장군님께 제재나 압박을 가할 겁니다.

오셀로 마음대로 해 보라지.
베니스 공국을 위해 내가 한 공적들이
그분의 불평을 잠재울 걸세. 아직 아무도 모르지만,
자랑이 명예가 된다는 걸 알게 되는 때에는
사실을 공표하겠다. 내가 왕족의 혈통을 이어받은
사람이라는 사실을 말이다. 내 공적은
내가 이번에 손에 넣은 행운을 머리 숙이지 않고
당당히 요구할 만하단 말이지. 이아고, 알아 두게.
내가 상냥한 데스데모나를 사랑하지 않는다면,
바다의 보물을 다 준다 해도
집에 얽매이지 않는 이 자유로운 생활을
제한과 속박 속으로 몰아넣지 않았을 거네.
그런데 잠깐, 저기 오는 불빛은 뭐지?

(캐시오가 횃불을 든 관리들과 등장)

이아고 잠을 깬 아버지와 그 친구들입니다.
안으로 들어가시는 게 좋겠어요.

오셀로 아니야, 어차피 만나야 해.
나의 자질과 지위, 그리고 결백한 정신이
나를 당당하게 보여 줄 것이다. 그들인가?

이아고 야누스 신[7]께 맹세코, 아닌 것 같습니다.

오셀로 공작의 하인들인가? 그리고 내 부관인가?
여러분, 밤중에 수고들 많소.
무슨 일인가?

캐시오 장군님, 공작님께서 장군님께 인사를 전하며
서둘러 출두하길 요청하십니다.
지금 즉시 말입니다.

오셀로 자네 생각에는 무슨 일인 것 같은가?

캐시오 사이프러스에서 온 전갈 때문인 것 같은데, 제 생각엔
상당히 긴급한 사안인 듯합니다. 오늘밤 전함들이
열두 차례나 잇따라 전령들을 보냈습니다.
의원들 대부분이 잠자리에서 일어나

---

7) 로마신화에 나오는 두 얼굴을 가진 신. 어두워서 다른 사람이 보지 못하는 것을 볼 수 있는 신으로, 이아고는 자신을 '두 얼굴을 가진 사람'으로 지칭한다.

이미 공작님 댁에 회집했습니다.
급히 장군님을 모셔 오라는 명이 내려졌는데
숙소에 가 봐도 안 계셔서
상원에서는 장군님을 찾으려고 세 패로 나눠
사람을 보냈습니다.

오셀로 자네가 날 찾았으니 잘되었네.
집 안에 들어가 한마디만 일러두고
자네와 함께 가겠네. (퇴장)

캐시오 기수, 장군께서 여기 웬일이신가?

이아고 사실 오늘밤 장군께선 육지의 보물선[8]에 올라타셨지요.
그게 합법적인 전리품이라면, 평생 복이 터지신 거죠.

캐시오 무슨 말인지 모르겠군.

이아고 장군께서 결혼하셨습니다.

캐시오 누구하고?

이아고 누구냐 하면.

(오셀로 등장)

자, 장군님, 가실까요?

오셀로 자네도 함께 가지.

---

8) 데스데모나를 지칭한다.

캐시오 장군님을 찾으러 또 다른 무리가 오는군요.

(브라반시오, 로더리고가 횃불과 무기를 들고 관리들과 함께 등장)

이아고 장군님, 브라반시오예요. 악의를 품고
오는 거니까 조심하세요.

오셀로 이보시오, 거기 서시오!

로더리고 의원님, 그 무어인입니다.

브라반시오 놈을 때려눕혀라, 도둑놈!

이아고 너 로더리고! 이리 와라, 내가 상대해 주지.

오셀로 번쩍이는 칼을 거둬라, 밤이슬에 녹이 슬겠다.
훌륭하신 의원님, 무기로 호소하기보다는
나이로 명을 내릴 수 있으실 텐데요.

브라반시오 오, 이 더러운 도둑놈! 내 딸을 어디에다 숨겨 놓았지?
저주받은 놈, 마법으로 내 딸을 홀렸겠다.
사람들에게 내 상황을 물어볼 것이다.
그 애가 마법의 사슬에 묶이지 않고서야
그렇게 상냥하고, 아름답고, 행복한 처녀가
결혼을 싫어해서 이 나라의 돈 많은 귀공자들을
마다했던 그 애가 사람들의 조롱거리가 되려고
보호자의 품에서 달아나 기쁘기는커녕 소름 끼치는

너 같은 놈의 시커먼 가슴으로 달려갔겠느냔 말이다.
너무나 명백한 일임을 세상에 대고 물어봐라.
네놈이 그 애에게 더러운 마법을 부리고
정신을 미혹하는 약이나 광물질로 그 연약하고
어린 것을 타락시킨 일이 말이다. 충분히 가능한 일이고,
누구나 생각할 수 있는 일임을 규명할 것이다.
그래서 난 세상을 기만하고 불법으로
금지된 마법을 행사한 죄로 네놈을 체포한다.
놈을 체포하라. 저항하면
사정없이 놈을 제압해라.

오셀로 멈추시오.
나를 따르는 사람들과 나머지 저쪽도 모두
싸워야 한다면, 그걸 알려 주는 자 없이도
알았을 것이다. 의원님의 고소에 답하려면
제가 어디로 가야 합니까?

브라반시오 감옥으로 가야지.
법이 정한 시간과 절차에 따라 답변이 필요해서
네놈을 부를 때까지.

오셀로 제가 말씀대로 복종하면 어떻게 되나요?
그러면 공작님께서 어떻게 받아들이실까요?
공작님의 전령들이 국가의 어떤 긴박한 일로 인해

저를 공작님께 데려가려 여기에 와 있는데도요?

관리 고귀하신 의원님, 사실입니다.
공작님께서 회의를 소집하셨습니다. 분명 의원님께도
전령이 갔을 겁니다.

브라반시오 뭐라고? 공작이 회의를?
이런 밤중에 말이냐? 저자를 데려가라.
내 일도 사소한 일이 아니다. 공작님도 그렇고
공국의 내 동료 누구라도
이 일을 자신의 일처럼 여길 것이다.
이런 행위가 자유롭게 허용된다면
노예들과 이교도들이 이 나라를 다스리게 될 테니까.

(모두 퇴장)

1막 3장

(공작과 원로원 의원들이 테이블에 둘러앉아 있다.
불이 밝혀져 있고, 수행원들이 서 있다.)

공작 이 보고서들은 일관성이 없어서
믿을 수가 없군요.

의원 1 정말 앞뒤가 맞질 않아요.
제가 받은 편지에는 전함이 백일곱 척이라고 쓰여 있어요.

공작 내 편지에는 백사십 척이오.

의원 2 제 편지에는 이백 척입니다.
그런데 정확한 숫자는 일치하지 않지만,
대략 추측해서 보고하는 이런 경우에는
종종 차이가 나기도 하지요. 터키 함대가
사이프러스로 향하고 있는 것만은 틀림없습니다.

공작 맞소, 충분히 가능한 일이라 생각하오.
숫자에 착오가 있어서 안심하는 게 아니라
침공한다는 주된 소식은 분명한 것 같으니
걱정스럽구려.

선원 (안에서) 이보시오, 이보시오, 이보시오!

(선원 등장)

장교 1 전함에서 온 전령입니다.

공작 무슨 일인가?

선원 터키 함대가 로도스 섬으로 향하고 있습니다.
안젤로 나리께서 이곳 정부에 그렇게
보고하라고 명하셨습니다.

공작 이런 항로 변경을 어떻게 보시오?

의원 1 아무리 생각해 봐도
그럴 리 없어요. 이건 우리를 속이려는
연극입니다. 사이프러스가 터키에
얼마나 중요한지 생각해 보고 더군다나
터키가 로도스보다는 사이프러스에
더 관심을 가지고 있다는 점을 생각한다면
사이프러스는 로도스보다

전투를 치를 준비가 안 된 상태인 데다
방어 능력이 없어서
좀 더 쉽게 점령할 수 있는 곳이란 말이지요.
이 점을 생각해 보면,
터키가 전술을 너무 몰라서
쉽게 이익을 얻을 수 있는 곳을 포기한 채
가장 관심 있는 곳을 남겨 놓고 아무 이익도 없는
위험한 싸움을 할 거란 생각은 하지 마십시오.

공작 맞소, 확실히 로도스가 목적이 아니오.

장교 1 보고가 또 있습니다.

(전령 등장)

전령 존경하는 의원님들, 로도스 섬을 향해
가고 있던 터키 함대가
그곳에서 후속 함대와 합류했습니다.

의원 1 그래, 그럴 줄 알았어. 함대 수가 얼마나 되던가?

전령 삼십 척 정도입니다. 이제 뱃머리를 돌려
목적지가 사이프러스임을 확실히 드러내며
거슬러 오고 있습니다. 공작님께서 신임하시는 참으로 용맹한
몬타노 총독께서 아낌없는 충성심으로

이 소식을 전하며 선처를 요청하고 계십니다.

공작 그렇다면 사이프러스가 목표인 게 확실하군.
마커스 루치코스가 지금 여기 있지 않소?

의원 1 지금 피렌체에 체류 중입니다.

공작 내 서신을 작성해 급히 전령을 파견하시오.

의원 1 브라반시오 의원과 용감한 무어인이 이리로 오시는군요.

(브라반시오, 오셀로, 이아고, 로더리고, 장교들 등장)

공작 용감한 오셀로 장군, 장군에게 우리 적인
터키군에 맞설 임무를 당장 맡겨야겠소.
(브라반시오에게) 의원님도 오셨군요. 어서 오십시오.
오늘 밤 의원님의 조언과 도움이 필요하던 참이었습니다.

브라반시오 저도 마찬가지였소. 공작, 나를 용서하시오.
날 잠자리에서 일어나게 한 것은 내 지위도,
업무에 관련된 소식도 아니라오.
그렇다고 일상의 근심 때문도 아니고요.
내 개인적인 슬픔이 수문에서 쏟아지듯 엄청나고 압도적이라
다른 슬픔을 집어삼키고도
여전히 그대로 남아 있소.

공작 왜 그러시오? 무슨 일인데요?

브라반시오 내 딸! 오, 내 딸이!

의원들 죽었어요?

브라반시오 나에겐 그런 셈이요.
돌팔이 약장수에게 얻은 주술과 약 때문에
그 애는 현혹당해 내게서 도망치고 더럽혀졌어요.
바보도 아니고, 눈이 먼 것도 아니고, 정신도 멀쩡한 애가
마법이 아니고서는 이렇게
터무니없는 실수를 저지를 리가 없단 말이오.

공작 이처럼 못된 방법으로 따님을 속이고
의원님에게서 따님을 빼앗아 간 자가 누구든
의원님께서 직접 엄중한 법률을 냉혹한 문자 그대로 읽고
해석해 선고하시오. 범인이 내 아들이라 하더라도
처벌을 면치 못할 것입니다.

브라반시오 진심으로 고맙습니다.
여기 그자가 있소. 이 무어인이오.
중요한 국사 때문에 공작님의 특명을 받고
이곳으로 데려온 것 같습니다만.

모두 정말 유감스럽군요.

공작 (오셀로에게) 장군은 이 일에 대해 뭐라 하시겠소?

브라반시오 할 말이 없지요. 내 말이 사실이니까요.

오셀로 참으로 당당하고, 근엄하고, 존경스러운 의원님들,

경험이 풍부하며 고귀하신 어르신들.
제가 이 어르신의 딸을 데려간 건
분명 사실이며, 그녀와 결혼한 것도 사실입니다.
제 잘못의 정도는 딱 그 정도이지,
그 이상은 아닙니다. 저는 말솜씨가 거칠고
부드럽게 말하는 재능을 타고나지 못했습니다.
제 이 팔에 힘이 생긴 일곱 살 이후부터
지금까지 아홉 달을 제외하고는 전쟁터에서
이 두 팔로 전력을 다해 싸우며 살아온 탓에
싸움이나 전투와 관련된 일 외에는
이 큰 세상에 대해서 할 말이 없습니다.
그래서 나 자신을 우아하게 변호할
재주가 없지요. 하지만 의원님들께서 참고 들어 주신다면
제 사랑의 모든 과정을 세련되지는 않지만
솔직하게 말씀드리겠습니다. 어떤 약, 어떤 주문,
어떤 주술, 어떤 강력한 마법을 이용해
—제가 이런 행위를 저질렀다고 고발을 당했으니까요—
어르신의 딸을 얻었는지 털어놓겠습니다.

브라반시오 딸애는 절대로
대담하지도 않으며, 너무나 조용하고 차분해서 마음이
동하면 수줍어서 얼굴을 붉히곤 했지요. 그런 애가 천성,

나이, 국적, 명예, 모든 면을 저버리고
쳐다보는 것조차 무서워했던 자와 사랑에 빠지다니요?
완벽한 사람도 본성의 법칙을 어기고
실수를 할 수 있다고 인정하는 건
잘못되고 몹시 불완전한 판단입니다. 왜 이런 일이
벌어졌는지 알기 위해서는 교활한 악마의 술수를
밝혀내야 합니다. 따라서 거듭 단언하건데,
욕정을 들끓게 만드는 강력한 약이나
그런 효과를 발휘하는 마약을
딸애에게 사용한 것이 분명합니다.

공작 이렇게 단언하는 건 증거가
될 수 없어요. 그를 고발하기 위해서는
이처럼 믿기 어려운 추측이나 빈약한 가능성보다는
좀 더 확실하고 명백한 증거가 있어야 해요.

의원 1 하지만 오셀로 장군, 말해 보시오.
장군은 강압적이고 정직하지 못한 방법으로
이 처녀의 애정을 억지로 얻어 내고 더럽혔소?
아니면 마음과 마음이 서로 통해 정당한 대화와
요청으로 마음을 얻어 낸 것이오?

오셀로 의원님들께 부탁드립니다.
사지타리로 사람을 보내 그 여인을 데려와서

직접 아버지 앞에서 저에 관해 말하게 해 주십시오.
그녀의 말에서 제 잘못을 발견하신다면,
의회에서 제게 주신 신뢰와 지위를 박탈하고,
더 나아가 사형 선고를 내려도 상관없습니다.

공작 데스데모나를 이리 데려오라.

오셀로 기수, 저들을 안내하게. 자네가 장소를 가장 잘 알 테니까.

(이아고가 수행원들과 함께 퇴장)

그녀가 올 때까지 하늘에 고백하듯 진실하게
여러분의 엄중한 귀에 제가 어떻게
아름다운 아가씨의 사랑을 얻어 냈으며
그녀가 어떻게 제 사랑을 얻게 되었는지,
사실대로 밝히겠습니다.

공작 오셀로, 말해 보시오.

오셀로 그녀 아버지께선 절 좋아하셔서 자주 초대하셨고,
제 일생의 이야기를 상세하게 묻곤 하셨습니다.
그동안 제가 경험한 전투, 포위 공격, 운명에 관한
이야기였지요. 제 소년 시절부터 제게 이야기를
명하신 그 순간에 이르기까지 모두 얘기했습니다.
참으로 불운했던 순간들인데,

바다와 육지에서 겪은 불안했던 사건들,
긴박한 죽음의 요새 틈을 간발의 차로 빠져나온 이야기,
의기양양한 적에게 붙잡혀
노예로 팔려 갔다가 거기서 구조된 이야기,
여기저기 떠돌아다녔던 이야기를 해 드렸어요.
거대한 동굴과 황량한 사막,
거친 돌산, 바위와 하늘과 맞닿은 언덕들에서 겪은
이야기를 해 드렸어요. 그런 식으로 이야기를 해 나갔지요.
서로를 잡아먹는 식인종 앤스로포파기,
머리가 어깨 밑에 달린 사람들 이야기. 데스데모나는
이런 이야기를 들으려고 열심히 귀를 기울였지만,
집안일 때문에 자주 자리를 떠야 했어요.
그래서 최대한 서둘러서 일을 처리해 놓고
돌아와서 더 듣고 싶어 안달이 난 듯 제 이야기에
귀를 기울이곤 했어요. 이 일을 눈치챈 저는
적당한 기회를 노려 내 순례 이야기를 모두 들려 달라는
그녀의 진지한 요청을 얻어 낼 방법을 찾아냈습니다.
내 얘기를 부분적으로 들었을 뿐
전부 이어서 다 듣지 못했으니까요. 저도 동의했습니다.
젊은 시절에 힘겹게 고생한 이야기를
꺼내니 그녀는 눈물을 흘리기도 했어요.

제 이야기가 끝나자 그녀는 제가 겪은
고통을 동정하며 하염없이 한숨을 내쉬고
'정말이지 신기해요, 너무도 신기해요,
불쌍해요, 놀랍도록 안타깝다' 하고 말했지요.
그런 이야기를 듣지 말았을 걸 하면서도 자신도 그런 남자로
태어났더라면 좋았을 거라고 말했어요. 제게 고마워하며
만약 제 친구가 그녀를 사랑한다면,
제 이야기하는 방법을 가르쳐 주라고 말하더군요.
그러면 친구가 자신의 사랑을 얻게 될 거라고요.
이 말을 기회로 삼아 전 사랑을 고백했습니다.
그녀는 제가 겪은 위험 때문에 저를 사랑했고,
전 제 고생을 동정해 준 이유로 그녀를 사랑했습니다.
이게 제가 사용한 유일한 마법입니다.

(데스데모나, 이아고, 수행원들 등장)

그녀가 오는군요. 직접 증언하도록 해 주세요.

공작 이런 이야기라면 내 딸의 마음도 얻었을 것이오.
브라반시오, 이렇게 뒤엉킨 마당에 좋게 받아들이시지요.
맨손보다는 차라리 부러진 무기라도 있는 게
나으니 말이오.

브라반시오 부디 딸애의 말을 들어 보시지요.
딸애가 자신도 반쯤은 구애자임을 고백한다면
저자를 비난한 내 머리에 천벌을
내려도 좋소. 이리 오너라, 얌전한 내 딸아.
이 고귀한 분들 앞에서 네가 가장 복종해야 할 사람이
누구인지 말해 주겠느냐?

데스데모나 고귀하신 아버지,
이 자리에서 저는 두 가지의 의무가 있습니다.
아버님께서는 제게 생명을 주시고 길러 주셨습니다.
절 낳아 주시고 길러 주셔서 아버지를 존경해야 한다고
알고 있지요. 아버지는 제가 의무를 다해야 할 분이십니다.
지금까진 아버지의 딸이지만 여기 제 남편이 있습니다.
그래서 어머니께서 친정아버지 앞에서
아버지를 택하며 보여 준 도리만큼
저 역시 무어인 남편을 주인으로 섬기고자 합니다.

브라반시오 잘 가라, 다 끝났소.
공작님께서는 계속해서 국사를 논하시지요.
자식을 낳느니 차라리 얻어서 기르는 편이 낫겠다.
이리 오시오, 무어인 장군.
당신이 이미 가진 게 아니라면, 내가 온 마음을 다해
당신에게서 주지 않으려 한 것을 기꺼이

당신에게 줄 테니. 소중한 것,
다른 자식이 없는 게 정말 다행이다.
네가 도망치는 바람에 남은 자식들에게
족쇄를 채울 테니 말이다. 공작, 내 일은 다 끝났소.

공작 내가 의원의 입장에서 조언 한마디 하겠소.
당신이 이 연인들을 받아들이는 데
도움이 될 수도 있을 테니 말이오.
치유할 방법이 없으면 슬픔도 끝나는 법이지요.
최악의 상황을 보고 걸었던 희망을 버리기 때문이에요.
이미 지나간 불행을 슬퍼하는 건
새로운 불행을 초래하는 지름길이에요.
지킬 수 없는 것을 운명이 가져갈 때
참으면 그 피해도 웃음거리가 됩니다.
도둑을 맞아도 미소 짓는 자는 도둑에게서 뭔가를 빼앗지만
쓸데없이 슬픔에 빠진 자는 자신을 도둑질하는 셈이지요.

브라반시오 그럼 터키 놈들이 우릴 속여 사이프러스를 차지해도
미소 짓고 있으면 우리는 뺏기지 않은 게 되겠군요.
공작님의 교훈을 듣고 공짜 위안을 얻는 자는
아무것도 견디지 않고 교훈만 견디면 되는 자입니다.
하지만 슬픔 때문에 가난한 인내에게서 힘을 빌려야
하는 자는 이런 교훈과 슬픔 둘 다를 견뎌야 합니다.

이 교훈들이 설탕처럼 달건, 쓸개즙처럼 쓰건
양쪽으로 힘이 있어서 애매모호합니다.
하지만 말은 말일 뿐이지요. 상처 난 가슴이 귀를 통해
나왔다는 말을 들어 본 적이 없으니까요.
간청하오니, 국사나 진행해 주십시오.

공작 터키군이 강력하게 준비해 사이프러스로 향하고 있소. 오셀로, 그곳 요새의 상황은 장군이 가장 잘 알고 있을 거요. 이미 그곳에 매우 유능한 총독 대리가 주둔해 있지만, 결과를 중시하는 절대적인 여론에 따르자면, 장군이 가야 더 안전하다고 생각하오. 그러니 장군이 새로이 얻은 행운의 빛[9]이 힘들고 거친 원정 때문에 흐려지는 것을 부디 감내해야 할 것이오.

오셀로 존경하는 의원님들, 습관이란 폭군은
전쟁터의 딱딱하고 차가운 잠자리를
부드러운 깃털 침대로 만들었습니다. 저는
역경 속에서 타고난 민첩성을 발휘하는 점을
인정합니다. 터키군에 맞설 이 전쟁을
제가 맡겠습니다. 그러므로 겸손하게 간곡히 부탁드리오니,
제 아내에게 적절한 처우를 해 주십시오.
적당한 거처와 재정을 지원해 주시기를 바라며,
그녀의 신분에 걸맞은 숙소와 시종들을

---

9) 데스데모나와의 신혼 생활을 의미한다.

제공해 주십시오.

공작 그렇담 그녀 아버지 집이지.

브라반시오 그건 안 될 말이오.

오셀로 저도 원치 않습니다.

데스데모나 저도 원치 않습니다. 그 집에서 지내면서
아버지 눈에 띄어 아버지를 불편하게
해 드리고 싶지 않아요. 자비로우신 공작님,
제 말에 관대하신 귀를 기울여 주십시오.
저의 순수한 청을 허락해 주신다고
말씀해 주십시오.

공작 무엇을 원하느냐, 데스데모나?

데스데모나 제가 운명을 저버리고 과감하고 솔직하게 행동해서
무어인을 사랑하고 함께하고자 하는 사실을
세상이 다 알 거예요. 제 마음은 바로 장군님의
있는 그대로의 성품에 매료되었습니다.
저는 오셀로 장군의 마음에서 그분의 얼굴을 봤고,
그분의 명예와 용맹한 기질에
제 영혼과 운명을 바쳤습니다.
그러니, 친애하는 의원님, 저는 남아서
안일한 나날을 보내고 그분은 전쟁터에 가신다면,
그분을 사랑할 권한을 빼앗기고 그분이 없는 동안

고통스러운 시간을 견뎌야 합니다.
저도 장군과 함께 가게 해 주십시오.

오셀로 아내의 청을 들어 주십시오.
하늘에 맹세코, 제 욕정을 채우기 위해서
간청드리는 게 아니며
열에 들떠 말씀드리는 것도 아닙니다. 제겐 젊음이
주는 욕정도, 욕정이 주는 만족도 이미 사라졌습니다.
단지 너그럽게 아내의 소망을 이뤄 주려는 마음뿐입니다.
아내와 함께 있을 때 엄중하고 막대한 국사를
소홀할까 걱정하지 마시도록
하늘이 당신들의 영혼을 보호하기를 바랍니다.
날개 달린 큐피드의 가벼운 장난으로
신중하고도 분별 있는 제 눈을 멀게 하여
성적 쾌락 때문에 제 임무를 망치고 더럽힌다면,
부인들이 제 투구를 냄비로 쓰게 하고
온갖 수치스럽고 비천한 역경이 제 명예에
맞서도 좋습니다.

공작 그녀가 이곳에 머물든 함께 가든
장군이 결정하시오. 일이 매우 급박해서
서둘러야 하오.

의원 1 오늘 밤에 떠나야 해요.

데스데모나 오늘 밤이요, 공작님?

공작 오늘 밤이오.

오셀로 알겠습니다.

공작 내일 아침 아홉 시에 여기서 다시 모입시다.
오셀로 장군, 부하 한 명은 두고 가시오.
그가 장군에게 위임장을 전할 것이오.
장군과 관련된 중대한 사항들도
함께 보내겠소.

오셀로 그럼 제 기수를 남겨 두겠습니다.
정직하고 믿을 만한 자입니다.
제 아내의 호위도 그에게 맡기겠습니다.
공작님께서는 제게 보내실 필요한 것들을
그에게 주시면 됩니다.

공작 그렇게 하시오.
모두 안녕히 주무시오. 그리고 고귀하신 의원님,
훌륭한 인품에 기쁨을 주는 아름다움이 있다면
당신 사위는 검은 피부보다 훨씬 더 아름답소.[10]

의원 1 용감한 무어인, 잘 가시오, 데스데모나를 아껴 주시고요.

브라반시오 무어인아, 자네에게 눈이 있다면 그 애를 잘 봐 둬.

10) 당시 베니스 사회에 검은 피부를 지닌 사람들에 대한 편견이 깔려 있음을 보여 준다.

아비를 속였으니, 자네도 속일 수 있어.

(공작, 의원들, 수행원들 모두 퇴장)

오셀로 아내의 정절에 내 목숨을 걸겠소. 정직한 이아고,
데스데모나를 자네에게 맡겨야겠다.
자네 아내가 좀 돌봐 주면 좋겠어.
좋은 기회가 생기면 두 사람을 모셔 오게.
자, 데스데모나, 당신과 함께 이야기할 시간이
한 시간밖에 남지 않았소. 업무를 처리하고
지시할 일도 있으니. 시간을 지켜야 하오.

(오셀로와 데스데모나 퇴장)

로더리고 이아고!

이아고 무슨 일이시오, 귀하신 양반?

로더리고 이제 난 어떻게 해야 좋겠나?

이아고 뭐, 가서 잠이나 자야지.

로더리고 당장 가서 물에 빠져 죽어 버리겠어.

이아고 그러면 앞으로 자넬 좋아하지 않을 걸세. 쯧, 어리석은 신사 양반아.

로더리고 사는 게 고통인데 산다는 건 어리석은 짓이지. 그럼 우린 죽음이라는 오래된 처방이 있지. 죽음이 우리 병을 고쳐 주는 의사니까

이아고 오, 망측해라! 내가 세상을 이십팔 년 동안 살펴보면서 이득과 손해 관계를 분별할 줄 알게 된 후 지금까지 자기 자신을 사랑할 줄 아는 사람을 본 적이 없네. 물에 빠져 죽겠다는 이유가 그깟 화려한 암탉[11] 때문이라고 말하느니, 차라리 내 인간성을 포기하고 개코원숭이가 되어 버리겠어.

로더리고 그럼 난 어떻게 하냐고? 이렇게 바보처럼 구는 게 창피한 줄은 알지만, 내 힘으로는 고칠 방법이 없네.

이아고 힘이라고? 말 같지도 않은 소리 하네! 이렇게 되고 저렇게 되는 건 다 자기 자신한테 달린 거야. 우리 몸은 정원이고, 우리 의지는 정원사라네. 그러니까 우리가 쐐기풀을 심거나 양상추 씨를 뿌리든, 박하 풀을 심고 백리향을 뽑든, 한 종류의 풀만 심거나 여러 종류의 풀을 섞어서 심거나, 게을러서 정원을 불모지로 만들거나 거름을 주며 부지런히 가꾸든, 이 모든 일을 결정하고 바로잡을 수 있는 힘은 바로 우리 의지에 달려 있단 말이지. 우리 인생의 저울대에서 한쪽에 있는 이성의 눈금이 다른 쪽에 있는 욕정의 눈금과 균형을 맞추지 않으면, 혈기와 천한 본성에 사로잡혀 우리는 말도 안 되는 상황을 맞게 된단 말이야. 하지만 우리에겐 이성이 있어서 길길이 날뛰는 충동과 육체의 자극, 방종

11) 데스데모나를 의미한다.

한 욕정을 식혀 준다네. 자네가 사랑이라고 부르는 것도 욕망의 한 가지와 같은 게 아니겠나.

로더리고 그럴 리 없네.

이아고 단지 피 끓는 욕정이고 의지가 허락한 결과일 뿐이야. 자, 사내답게 굴라고! 물에 빠져 죽겠다고? 고양이와 눈먼 강아지나 빠뜨리시지. 내가 자네 친구라고 공언한 이상 질기고 끊어지지 않는 밧줄로 자네와 나를 동여매겠네. 지금이야말로 내가 자네를 도와줄 절호의 순간이야. 지갑에 돈을 넣어 둬. 자네도 이번 전쟁에 따라가는 거야. 가짜 수염으로 얼굴을 변장하게. 지갑에 돈을 두둑하게 넣어 두라니까. 데스데모나가 무어인과 그렇게 오래 사랑할 리가 없어. 지갑에 돈을 넣어 두라고. 데스데모나를 향한 무어인의 사랑도 그렇게 오래갈 리 없을 테니까. 맹렬히 시작된 사랑이니, 자네는 그에 딱 어울리는 결별을 보게 될 거야. 지갑에 돈이나 넣어 두라니까. 무어인들은 대개 변덕스러우니까 지갑에 돈이나 채워. 지금은 아카시아 꿀처럼 달콤한 음식이 곧 콜로퀸티다 사과[12]처럼 쓴맛을 낼 거라고. 그녀도 젊은 남자를 찾을 게 분명해. 그자의 몸을 실컷 맛보고 나면 자신의 선택이 잘못이었다는 사실을 깨달을걸세. 그러니까 지갑에 돈을 넣어 둬. 자네 스스로를 저주하고 싶다면 물에 빠져 죽는 것보다 좀 더 세

12) 콜로신스(colocynth), 쓴맛이 나는 사과로 설사약으로 사용되었다 (*Arden* 158).

련된 방법을 강구하게. 최대한 모을 수 있는 돈을 준비해 보라고. 떠돌이 야만인과 최고로 음탕한 베니스인[13] 사이의 성스러운 체하는 꼴과 깨지기 쉬운 맹세가 내 기지와 총출동한 지옥의 악마들을 버텨 낸다면 모를까. 자네가 그녀를 맘껏 즐기게 해 줄 테니까 돈을 준비하란 말이야. 물에 빠져 죽는다는 소리는 집어치우라고. 아무런 소용이 없으니까. 여자도 얻지 못하고 물에 빠져 죽느니, 실컷 즐기다가 교수형당하는 게 낫지.

로더리고 결과를 기다리고 있으면 자네가 내 소원을 확실히 들어 주는 거지?

이아고 물론. 나를 믿으라고. 가서 돈을 준비해, 자네한테 몇 번이나 말했지만, 다시 말하겠네. 난 무어인이 싫어. 무어인을 싫어하는 이유는 내 마음속에 박혀 있어. 자네도 나 못지않게 그자를 싫어하는 이유가 있지. 우리 손을 맞잡고 그자에게 복수하는 거야. 자네가 그자를 오쟁이 지게 할 수 있다면, 자네는 재미를 보고 난 좋은 오락거리 하나 생기는 거지. 시간의 자궁 안에는 세상 밖으로 나오려고 하는 많은 일이 들어 있어. 서둘러, 어서 가서 돈을 준비해. 내일 이 일에 대해 더 이야기하세. 잘 가게!

로더리고 아침에 어디서 만날까?

이아고 내 숙소에서.

로더리고 아침 일찍 찾아가겠네.

---

13) 각각 오셀로와 데스데모나를 의미한다.

이아고 자, 어서, 잘 가게. 알아들은 거지, 로더리고?

로더리고 무슨 말인데?

이아고 더 이상 물에 빠져 죽는단 말은 하지 마. 알았어?

로더리고 생각을 바꿨어. 내 땅을 모조리 팔 거야. (퇴장)

이아고 그래. 잘 가게. 지갑에 돈을 두둑하게 넣어 두라고.
이렇게 난 항상 바보를 내 지갑으로 삼는단 말이야.
저런 바보와 시간을 보내면서
재미도 못 보고 이득을 얻지 못한다면, 그동안 내가 쌓은
지식을 모독하는 짓이지. 난 무어 놈이 싫어.
내 이부자리 속에서 그놈이 내 자리를 차지했다는
소문이 나돌고 있어. 사실인지는 모르겠지만,
난 그런 문제에 있어서는 단순한 의심뿐이라지만
마치 확실한 것처럼 행동하거든. 그놈이 날 좋게 봐서
내 목적을 더 쉽게 달성할 수 있단 말이지.
캐시오는 잘생겼어. 자, 어디 보자.
이중의 악행으로 그놈 자리를 차지하고
내 뜻을 이루는 거야. 어떻게? 어떻게? 어디 보자.
시간이 좀 지난 후에, 오셀로의 귀에 대고
캐시오와 오셀로의 아내가 너무 친하다고 속여야지.
잘생긴 데다 인품이 온화한 놈이라
의심받을 만하고 여자를 농락하게 생겨 먹었거든.

무어 놈은 관대하고 솔직해서
겉으로 정직해 보이기만 하면 정직하다고 믿는단 말이야.
그래서 당나귀처럼 코를 잡고
마음대로 끌고 다닐 수 있겠지.
됐어. 드디어 잉태되었다! 지옥과 밤이
세상의 빛 속에 이 괴물을 낳을 것이다. (퇴장)

2막 1장

(몬타노와 두 신사 등장)

몬타노 곶에서 보면 바다에 뭐가 보이던가요?

신사 1 거센 물살 말고는 아무것도 안 보입니다.
하늘과 바다 사이에서 돛대 하나
보이지 않아요.

몬타노 육지에도 바람이 요란하게 불어 대는 모양인데
이토록 광풍이 성벽을 흔든 적은 없었소.
바다에서도 그렇게 거센 바람이 불었다면,
참나무 배라도 산더미만 한 엄청난 파도가 덮칠 때
견뎌 낼 수 있겠소? 무슨 소식이라도 있소?

신사 2 터키 함대가 흩어진 모양입니다.
파도가 몰아치는 해안에 서 있기만 해도

성난 파도가 부풀어 올라 구름을 칠 듯하고,
바람에 높게 일렁이는 무시무시한 갈기 같은 파도가
불타는 작은곰자리에 물을 퍼붓듯이
고정된 북극성을 지키는 별들의 빛을 꺼 버릴 기세거든요.
성난 바다 위에 이토록 요란한 광경을
본 적 없어요.

몬타노 터키 함대가 만 안으로 들어가
대피하지 않는 한 모두 수장될 거요.
이런 폭풍우에 버티는 건 불가능해요.

(신사 3 등장)

신사 3 여러분, 좋은 소식입니다! 전쟁이 끝났어요.
지독한 폭풍우가 터키군을 강타해 적들의 작전이
좌절되었지요. 베니스에서 온 배 한 척이 터키 함대가
무참하게 부서져 난파된 모습을 봤습니다.

몬타노 어떻게? 그게 사실이오?

신사 3 그 배가 지금 이곳에 들어왔어요.
베로나 배예요. 용감한 무어인 오셀로 장군의 부관인
마이클 캐시오가 상륙했고, 아직 해상에 계신 무어인은
이곳 사이프러스에 대한 전권을 위임받아 오시는 중입니다.

몬타노 참 잘된 일이오. 그분은 훌륭한 총독이지요.

신사 3 캐시오라는 자는 터키 함대의 전멸에 대해서는
안도하며 전하는 한편, 걱정스러운 표정으로
무어 장군의 안전을 빌고 있습니다. 사납고 맹렬한
폭풍 때문에 두 분이 헤어졌다고 하니 말이지요.

몬타노 하늘에 빌어야지요.
난 그분을 모셔 본 적이 있는데. 그분은 군인답게 완벽하게
통솔하시는 분입니다. 자, 해안가로 가 봅시다!
항구에 들어온 배도 지켜보고
푸른 바다와 하늘을 구분할 수 없을 때까지
눈을 크게 뜨고 바라보며
용감한 오셀로 장군을 찾아봅시다.

신사 3 다들 그렇게 합시다.
계속해서 더 많은 배가 도착할 것이라
기대가 됩니다.

(캐시오 등장)

캐시오 전쟁이 빈번한 섬을 지키는 용감한 분들께서 무어 장군을
이리 환영해 주시니 고맙습니다. 오, 하늘이시여,
폭풍우로부터 장군을 지켜 주소서. 전 위험한

바다 위에서 그분을 놓치고 말았습니다.

몬타노 장군께서 안전한 배에 승선하셨소?

캐시오 그분이 타신 배는 튼튼한 재목으로 만들어졌고,
선장도 항해술로 인정받은 전문가입니다
그러니 제 희망은 지나친 것이 아니라,
분명 안전하시리라 생각합니다.

목소리 (안에서) 배다! 배! 배다!

캐시오 무슨 소리요?

신사 2 도시가 텅 비었는데 모든 사람이
바닷가 벼랑 위에서 "배다!"라고 외치는군요.

캐시오 내 바람대로 오셀로 총독이 분명해요. (포성 소리)

신사 2 예포를 발사하는 걸 보니
어쨌든 우리 편이 맞습니다.

캐시오 어서 가서 보고
누가 도착했는지 알려 주시오.

신사 2 그러지요. (퇴장)

몬타노 그런데 부관, 장군께서 아내를 얻으셨소?

캐시오 아주 운이 좋으셨지요. 장군께서는 어떤 찬사나 평판으로도
표현할 수 없는 훌륭한 아가씨를 아내로 맞이하셨어요.
시인의 절묘한 붓도 미치지 못할 만큼 미인인 데다
조물주가 창조하신 아름다운 모습은 예술가의 상상력을

초월할 정도입니다.

(신사 2 등장)

어떻게 되었소? 누가 왔습니까?

신사 2 장군님의 기수, 이아고라는 자입니다.

캐시오 다행히도 빨리 도착했군요.
폭풍우도, 높은 파도와 울부짖는 바람도
바다 밑에 숨어 죄 없는 배를 붙잡아 좌초시키는 반역자인
깊이 파인 암석과 쌓인 모래조차도
아름다운 미인을 알아보듯, 잔인한 천성을
버리고 성스러운 데스데모나를 무사히
보내 주었군요.

몬타노 그녀가 누구인가요?

캐시오 좀 전에 말씀드린 위대한 장군님의 장군[14]이십니다.
용감한 이아고의 호위를 받고 계시지요.
우리 예상보다 일주일이나 빨리 도착하셨군요.
위대한 제우스신이시여, 오셀로 장군을 지켜 주시고
강력한 입김으로 그분의 돛을 부풀려 주소서.
높은 돛대가 달린 그분의 배가 이 항구를 축복하며

14) 데스데모나를 의미한다.

데스데모나 품속에서 사랑의 가쁜 숨을 달래어
침체된 우리의 사기를 새롭게 불타오르게 하시고
사이프러스 전역을 평안하게 해 주소서.

(데스데모나, 에밀리아, 이아고, 로더리고, 수행원들 등장)

오, 보십시오.
배의 보물들이 해안에 도착했습니다.
사이프러스인들이여, 그녀 앞에 무릎을 꿇으시오!
부인, 환영합니다. 하늘의 은총이
부인의 앞과 뒤 그리고 사방에서
부인을 감싸 주시기를!

데스데모나 용감한 캐시오 부관, 고맙습니다.
제 남편께선 어떻게 되었는지 아시나요?

캐시오 아직 도착하지 않으셨습니다. 잘은 모르겠으나,
무사하며 곧 이곳에 도착하실 겁니다.

데스데모나 오, 하지만 걱정이 돼요. 그분과 어떻게 헤어진 거죠?

캐시오 바다와 하늘의 거대한 싸움 때문에
그만 헤어지고 말았습니다. (안에서 외치는 소리 "배다, 배!")
그런데 들어 보세요! 배가 온답니다! (예포 소리)

신사 2 우리 요새에 예포로 인사를 보내는군요.

이번에도 우리 편 배입니다.

캐시오 소식을 알아보고 오시오.

(신사 2 퇴장)

기수, 잘 왔소. (에밀리아에게) 부인, 부인도 잘 오셨어요.
이아고, 내 태도가 좀 지나치다고
화내지는 말게. 이렇게 대담하게 인사를 하는 건
내가 배운 예의라서 말이지.
(에밀리아에게 키스한다.)

이아고 부관님, 아내가 제게 잔소리를 해 대는 만큼
부관님께 자주 입술을 드린다면,
아마 진절머리가 나실 겁니다.

데스데모나 어머! 에밀리아는 말수가 적은데.

이아고 사실은 말이 너무 많지요!
잠을 자려고 할 때도 잔소리를 퍼부으니까요.
저런, 그렇군요. 부인 앞에서는
혓바닥을 가슴속에 잠시 감추고
생각으로만 책망하나 봅니다.

에밀리아 무슨 근거로 그런 말을 하는지 모르겠네.

이아고 자, 자, 당신은 문밖에만 나가면 그림처럼 말이 없지.

거실에서는 딸랑이는 종이고, 부엌에서는 살쾡이지.
상처 줄 때는 성자처럼 굴지만, 화가 나면 악마로 변하고
집안일은 소홀히 하다가 이불 속에선
바쁘게 일하지!

데스데모나 오, 그만해요, 이런 비방자 같으니!

이아고 아니, 사실이에요. 거짓말이라면 전 터키 놈입니다.
당신은 일어나면 놀고 잠자러 누우면 일하잖아.

에밀리아 내 칭찬은 하지도 않을 거죠.

이아고 물론, 안 하지.

데스데모나 날 칭찬해야 한다면, 나에 대해선 뭐라고 할 건가요?

이아고 오, 정숙하신 부인, 절 곤란하게 하지 마세요.
욕하는 거 빼고는 아무 말도 안 하니까요.

데스데모나 자, 어서 말해 봐요. 누군가 항구로 나갔나요?

이아고 예, 부인.

데스데모나 (방백) 유쾌하진 않지만 겉으로는
안 그런 척 속여야지.
자, 날 어떻게 칭찬하겠어요?

이아고 지금 칭찬하려고 하는데 머리에서 생각을
쥐어짜 봐야 거친 천 조각에서 끈끈이 떼어 내는 것과 같죠.
뇌 속의 골이 따라 나올 지경이에요. 하지만 영감의 신이
산고를 겪어 드디어 좋은 생각을 낳는군요.

여자가 아름답고 현명하면, 아름다움과 지혜라,
아름다움은 쓸모가 있고, 지혜는 아름다움을 이용하지요.

데스데모나 좋은 칭찬이군요. 여자가 머리가 검고 현명하다면요?

이아고 검은 머리에 현명하다면
자신의 추함에 어울릴 멋진 남자를 찾겠지요.

데스데모나 점점 나빠지는군요.

에밀리아 아름다운데 멍청한 여자는 어때요?

이아고 아름다운 여자는 절대 멍청하지 않아.
멍청해도 돈 많은 상속자와 결혼할 수 있지.

데스데모나 당신 말은 선술집에서 바보들이나 웃기는 낡아빠진 궤변이에요.
못생기고 멍청한 여자에게는 뭐라고 시시한 칭찬을 하겠어요?

이아고 못생긴 데다 멍청한 여자는 없어요. 못생긴 여자들도
아름답고 현명한 여자들만큼 음탕한 장난을 치니까요.

데스데모나 오, 정말 모르는 소리만 하네. 당신은 최악의 여자를 가장 최고로 칭찬하는군요. 정말로 훌륭한 여자는 어떻게 칭찬할 건가요? 자신의 미덕을 권위로 삼아 악의를 가진 증언조차 당당하게 받아들이는 그런 여자는요?

이아고 항상 아름답지만 거만하지 않고,
말솜씨가 좋지만 떠들지 않으며,
돈이 많지만 사치하지 않고,
자신의 바람을 버리고도 "그럴 수 있어"라고 말하는 여자,

화가 나고 복수할 기회가 가까이 있어도
부당함을 참으며 불쾌한 감정을 떨쳐 버리는 여자,
대구 머리를 연어 꼬리와 바꿀 정도로
분별력이 약하지 않은 여자,
생각이 있어도 절대로 속마음을 드러내지 않는 여자,
따라다니는 구혼자가 있어도 뒤돌아보지 않는 여자,
그런 여자라면. 그런 여자가 있기만 하다면 말이죠.

데스데모나 어떻게 하려고요?

이아고 바보들한테 젖이나 빨리고 시시한 일이나 하게 하죠.

데스데모나 오, 정말 맥 빠지고 시시한 결론이에요! 에밀리아, 아무리 남편이지만 저 사람한테 배우지 말아요. 어때요, 캐시오, 저 사람 정말로 무례하고 불손한 말만 해 대는 사람 아닌가요?

캐시오 부인, 원래 단도직입적으로 말하는 자입니다. 학자가 아니라 군인이라고 보시는 게 맞아요.

이아고 (방백) 저놈이 여자의 손을 잡는군. 그래, 잘했어. 속삭이라고, 이렇게 조그만 거미줄을 이용해 난 캐시오라는 큰 파리를 잡겠다 이거야. 그래, 미소 지으라고, 잘한다. 네 정중한 예절을 미끼로 네놈에게 족쇄를 채워 줄 테니까. 네 말이 사실이야, 정말 그래. 이번 계략으로 네놈이 부관 자리를 빼앗긴다면, 네 세 손가락에 그렇게 몇 번씩이나 키스하지 않는 게 좋았을 거다. 지금도 다시 그렇게 키스하면서 신사 행세를 하는군. 아주 좋아, 키스 잘했다.

정말 훌륭한 예절이다. 정말 훌륭해! 그런데 또 손가락을 입술에
댄다? 손가락들이 네놈을 위해 똥구멍에 집어넣는 관장 도구면
좋겠다! (나팔 소리 울린다)
무어인 장군이시다! 그분의 나팔 소리요!

캐시오 정말 그렇군요.

데스데모나 가서 그분을 맞이합시다.

(오셀로와 시종들 등장)

캐시오 아. 저기 오십니다!

오셀로 오, 나의 아름다운 전사여!

데스데모나 사랑하는 나의 오셀로!

오셀로 당신이 여기 와 있는 걸 보니 기쁘기도 하고
참으로 놀랍구려! 내 영혼의 기쁨!
폭풍우가 지나간 뒤 언제나 이런 평화가 찾아온다면,
죽은 자를 일으켜 깨울 때까지 바람이 불어도 좋겠소.
폭풍우에 시달리는 배가 올림포스 산만큼 높은 파도의
꼭대기까지 밀려 올라갔다가 하늘에서 지옥으로
곤두박질쳐도 상관없소. 지금 죽는다면
지금이야말로 가장 행복한 순간이오. 내 영혼이
무척 만족스러워 알 수 없는 앞으로의

운명 앞에서 이런 기쁨이 또다시 오지 않을까 봐
두려우니 말이오.

데스데모나 그런 말씀 마세요. 하늘이시여,
우리 사랑과 기쁨이 날이 갈수록
더욱 커지게 해 주소서.

오셀로 천상의 힘이여, 아멘!
이 기쁨을 이루 다 말할 수 없소.
여기서 말문이 막히는구려. 너무나 기쁘오.
이 입맞춤이 우리 두 마음이 만들어 낸
가장 큰 불협화음이기를. (둘이 키스한다)

이아고 (방백) 오, 지금은 너희 둘 화음이 잘 맞겠지. 하지만
내 정직함을 걸고 이 음악을 만들어 내는 조리개를
풀어 버릴 테니 두고 보라고.

오셀로 자, 성으로 갑시다.
여러분, 소식이 있소. 전쟁은 끝났고 터키군이 침몰했소.
이 섬의 내 오랜 친구들은 잘 지냈소?
여보, 당신도 사이프러스에서 대환영을 받을 것이오.
난 여기 사람들에게 큰 사랑을 받았거든. 오, 내 사랑.
내가 나만의 기쁨에 흠뻑 빠져서
나답지 않게 지껄이는구려, 이아고, 부탁하네.
부두로 가서 내 짐을 내리고

선장을 성으로 모시고 오게.
유능한 분이야. 그분 격에 맞는
예의를 갖춰 모셔 오게. 자, 데스데모나,
사이프러스에서 다시금 환영하오!

(이아고와 로더리고만 제외하고 모두 퇴장)

이아고 곧 항구에서 만나세. 이리로 와. 비천한 사람도 사랑에 빠지면 본래 천성보다 더 고상해진다는데 말이야. 자네도 용기가 있다면 내 말 잘 들어. 오늘 밤 부관이 경비대에서 경계를 설 거야. 우선 이 말부터 해 두겠네. 데스데모나는 그자에게 완전히 반했어.

로더리고 그 녀석한테? 아니야, 말도 안 돼.

이아고 손가락을 입에 대고 조용히 내 말을 새겨들으라고. 처음에 그녀가 무어인을 얼마나 격렬하게 사랑했는지 생각해 봐. 단지 허풍을 떨며 환상적인 거짓말만 늘어놓았기 때문에 그런 거야. 그런데 허풍 떠는 것만 듣고 그자를 계속 사랑할 수 있을까? 자네가 분별력만 좀 있다면 그렇게는 생각 못하지. 그녀도 눈요기를 하고 싶을 텐데 말이야. 악마 같은 놈을 보면서 무슨 즐거움을 얻을 수 있겠어? 한참 재미 보다가 욕정이 식으면 다시 한 번 욕정을 타오르게 하고 새로운 식욕을 돋울 매력적인 외모, 어울리는 나이, 좋은 매너와 기품이 있어야 하는데, 무어인에겐 이런 게 전혀 없거든, 그래서 섬세한 감수성을 지닌 그녀는 자신이 속았다는 것을 깨닫고 먹은 걸 토하기 시작하고 무어인을 싫어하고 혐오하게 될 거란 말이지. 본능적으로 이 사실을 깨달아서 그녀는 또 다른 선택을 할 수밖에 없는 거지. 자, 반드시 그렇다고 하면 가장 명백하고 자연스러운 이치인데 말이야. 이런 행운의 서열에서 캐시오 말고 돋보일 사람이 누가 있겠어? 입심이 좋은 데다, 감추고 있는 추잡하고 음탕한 욕정을 채우려고 정중하고 고상한 척하지만, 양심이라곤 털끝만큼도 없는 놈이거든. 누가 있겠어. 없고말고. 약삭빠르고 교활한 데다 기회를 노리는 놈이지. 실제로 기회가 오지 않더라도 기회를 꾸며서 만들어 낼 놈이야. 악마 같은 놈이야. 게다가 잘생기고 젊어서 어리석고 미숙한 계집들이 반할 만한 조건을 모두 갖추고 있단 말이지. 완전무결하고도 치명적인 놈이야. 여자는 이미 그놈을 점찍었다고.

로더리고 모든 조건을 다 갖춘 축복받은 그녀가 그럴 거라는 사실이 믿기질 않네.

이아고 축복 같은 소리는 집어치우게! 그 여자가 마시는 포도주도 포도로 만든 거야. 축복받았다면 애초에 무어인을 사랑하는 일 따위는 없었겠지. 축복받은 얼간이일 뿐이야! 그 여자가 캐시오 손바닥을 만지작거리며 노닥거리는 모습을 보지 못했나? 눈치도 못 챘냐고?

로더리고 물론 봤지. 하지만 그건 예의상 하는 거였지 않나.

이아고 이 손에 맹세코, 그건 색욕이야. 음탕한 마음과 더러운 생각을 담은 이야기의 서막이자 은근한 서문이야. 둘은 입술이 너무 가까이 맞닿아 서로 숨결을 끌어안을 정도였지. 로더리고, 음탕한 생각이 있으니까 그런 행동을 하는 거야. 이런 친밀감이 먼저 길을 안내하고 나면 다음은 본격적인 작업으로 들어가 결국은 몸을 섞어 하나가 되는 거야. 쳇, 그렇지만 내가 시키는 대로 해. 내가 자네를 베니스에서 데려왔으니까. 오늘 밤 자네가 야간 경계를 서. 야간 경계 명령은 내가 내릴 테니까. 캐시오는 자네를 모를 거야. 그러니까 나도 자네에게서 멀리 떨어져 있지 않겠네. 무슨 빌미로든지 캐시오를 화나게 만들어. 큰소리로 떠들든지, 그자의 전술 능력을 욕하든지 자네 좋을 대로 어떤 수단을 동원하든 때를 봐서 적당하다고 생각되는 방법을 써서 말이야.

로더리고 글쎄.

이아고 이봐. 그놈은 성질이 불같고 급해서 지휘봉을 자네한테 내리칠지도 몰라. 그렇게 하도록 그놈 화를 돋우라고. 그걸 빌미로 해서 내가 사이프러스 사람들이 난동을 부리게 할 테니까. 캐시오를 해고하지 않고는 도저히 진압되지 않을 정도의 큰 소동을 일으키겠어. 그러면 내가 추진하는 방법을 이용해 자네는 욕망을 좀 손쉽게 채우고 아주 편하게 장애물을 제거하는 거지. 그렇지 않고서는 우리 계획이 성공할 가능성이 없어.

로더리고 자네가 무슨 기회라도 만들어 주기만 한다면 그렇게 해 보겠네.

이아고 내가 보장하네. 잠시 후에 성 앞에서 만나세. 난 해안가로 가서
장군의 짐을 가져와야 하니까. 잘 가게.

로더리고 잘 가게. (퇴장)

이아고 내가 장담하는데 캐시오는 그녀를 사랑해.
그녀가 놈을 사랑한다는 것도 당연해, 믿을 만한 일이야.
무어 놈, 아무리 내가 그놈을 미워한다고 해도
성실하고 너그럽고 고상한 성품을 가진 건 사실이야.
내 생각에 데스데모나에게는 참으로
훌륭한 남편감이지. 그런데 이젠 나도 그녀가 좋단 말이지.
오로지 욕정 때문이 아니라 (그만큼 큰 죄를
범하고 있는 건지도 모르지만)
일부분은 내 복수심을 채우기 위해서야.
음탕한 무어 놈이 내 마누라 위에
올라탔단 의심이 드니까. 그 일을 생각하면
독약을 마신 것처럼 내 내장이 쥐어뜯기는 것 같아.
그놈에게 마누라엔 마누라로 똑같이 복수하지 않고선
아무것도 내 영혼을 만족시킬 수 없어, 없을 거라고.
복수하는 데 실패할 땐 적어도 이 무어 놈이
지독한 질투심에 사로잡혀 분별력으로도
억제할 수 없도록 해야지. 이 일을 해내기 위해
이 하찮은 베니스 쓰레기인 로더리고 놈이

몸이 급하게 미쳐 날뛰는 걸 내가 묶어 놓았으니까
적당히 고삐를 줄이면 캐시오는 내 마음대로 조종할 수 있어.
무어 놈에게 캐시오를 음탕한 말로 중상모략해야지.
캐시오 놈도 내 잠옷을 입은 것 같으니깐 말이야.
무어 놈이 자기를 말도 안 되는 바보로 만들고,
놈의 평안한 마음을 깨뜨려 미칠 지경으로까지
몰고 간 대가로 내게 고맙다며
상을 내리게 만드는 거지.
이 계략이 모두 머릿속에 있지만 아직은 뒤섞여 있어.
악행의 진짜 얼굴은 실행에 옮길 때까진 절대로 제 모습을
보이지 않는 법이지. (퇴장)

2막 2장

(오셀로의 전령이 포고문을 들고 등장)

전령 (읽는다) 고귀하고 용감하신 우리 오셀로 장군님의 뜻입니다. 조금 전 도착한 소식을 통해 터키 함대가 전멸했다는 사실을 보고받고 모두 마음껏 승리를 자축하기를 원하십니다. 춤을 추든, 모닥불을 피우든 각자 자기가 원하는 대로 마음껏 축하연을 즐기기를 바랍니다. 이러한 좋은 소식뿐만 아니라 이 축하연은 장군님의 결혼을 축하하기 위한 연회이기도 합니다. 장군님께서 몹시 기뻐하셔서 이렇게 선포하십니다. 성 안에 있는 모든 주방을 개방했으니 현재 시각 다섯 시부터 종이 열한 시를 칠 때까지 모두 자유롭게 축하연을 즐겨도 좋습니다. 하늘이시여, 사이프러스 섬과 고귀하신 우리 오셀로 장군님을 축복하소서! (퇴장)

2막 3장

(오셀로, 캐시오, 데스데모나 등장)

오셀로 마이클, 오늘 밤 경계는 자네가 서게.
명예롭게 스스로 자제하고
도를 넘는 일이 없도록 하세.

캐시오 이아고에게 할 일을 지시했습니다.
그렇지만 제 눈으로 직접
살펴보겠습니다.

오셀로 이아고는 참으로 정직한 자야.
마이클, 잘 쉬게. 내일 아침 일찍
만나서 얘기하세. 자, 내 사랑,
거래가 이뤄졌으니[15] 열매를 얻는 건 당연한 일이지.

15) 오셀로와 데스데모나의 결혼을 의미한다.

당신과 나 사이에 좋은 일이 아직 남았소.
잘 자게. (오셀로와 데스데모나 퇴장)

(이아고 등장)

캐시오 이아고, 어서 오게. 경계를 서러 가야 하네.

이아고 부관님, 아직 시간이 이릅니다. 아직 열 시도 안 되었어요. 장군님께선 부인을 향한 사랑 때문에 우리를 이렇게 일찍 내보내신 겁니다. 그렇다고 장군님을 비난하자는 얘기는 아니고요. 아직 부인과 하룻밤도 제대로 즐기지 못하셨으니까. 게다가 부인은 주피터도 즐기고 싶어 할 미인이니까요.

캐시오 정말 아름다운 분이시지.

이아고 제가 장담하건대, 사랑 놀음에도 기교가 뛰어나실걸요.

캐시오 그래, 참으로 신선하고 아름다운 분이시지.

이아고 눈은 어떻고요! 항복을 유도하는 나팔 소리를 불어 남자의 마음을 뒤흔들어 놓는 것 같지요.

캐시오 매혹적인 눈이지. 하지만 매우 정숙한 눈 같은데.

이아고 말하는 걸 보면 사랑을 자극하는 나팔 소리가 아닙니까?

캐시오 정말로 완벽하신 분이야.

이아고 그럼, 두 분의 신방에 행복이 깃드시길! 자, 부관님, 저한테 포도주 한 병이 있습니다. 밖에는 흑인 장군 오셀로의 건강을 위해 기꺼이 축배를 들고 싶어 하는 사이프러스의 용감한 젊은이 몇 명이 기다리고 있습니다.

캐시오 이아고, 오늘 밤은 안 되겠어. 난 술이 약해서 조금만 마셔도 머리가 아프거든. 예절에 맞게 축하할 수 있는 다른 방법이 있으면 좋을 텐데.

이아고 오, 모두 우리 친구입니다. 딱 한 잔만 하시고 다음 잔부터는 제가 부관님 대신 마실게요.

캐시오 오늘 밤에 벌써 한 잔 했네. 그 한 잔도 교묘히 물을 타서 마셨는데도 벌써 변해 버린 안색을 보라고! 불행히도 술이 약한 게 내 약점이야. 그래서 더 이상 내 약한 주량을 시험해 보고 싶지 않네.

이아고 아니, 사람이 참. 축하연이 열리는 밤이잖아요. 젊은이들도 원하고 있어요.

캐시오 다들 어디 있나?

이아고 여기 바로 문 앞에요. 불러들이세요.

캐시오 그렇게 하겠네. 하지만 별로 마음이 내키진 않군. (퇴장)

이아고 놈에게 딱 한 잔만 억지로 먹일 수 있다면
오늘 밤에 벌써 마신 한 잔까지 합해서
젊은 안주인의 개처럼 놈은 화를 내며
덤벼들겠지. 얼빠진 로더리고도
상사병에 걸려서 앞뒤 분간을 못하고

데스데모나에게 축배를 올리며 술병이 바닥날 때까지
마셔 대겠지. 그놈도 경계를 설 건데.
그리고 집안 좋고 거만한 데다
몹시도 명예를 중시하며
호전적인 섬사람 기질을 지닌 사이프러스의 젊은이 세 명에게
오늘 밤 내가 잔이 넘치도록 술을 먹여 취하게 만들었지.
그놈들도 경계를 서겠지. 이제 이 주정뱅이들 사이에
캐시오를 밀어 넣어 섬사람들의 화를 돋우는 짓을
벌이도록 해야지.

(캐시오가 몬타노와 신사들과 함께 등장)

놈들이 이리로 오는군.
바란 대로 결과가 나온다면,
내 배는 바람과 물결을 타고 순항할 거야.

캐시오 진짜요. 난 이미 큰 잔으로 마셨어요.

몬타노 정말 작은 잔이오. 한 컵도 채 되지 않다니까 그러네. 나도 군인으로 말하는 거요.

이아고 여기, 술 좀 가져와!

(노래한다)

술잔을 부딪치자, 짠, 짠
술잔을 부딪치자, 짠
군인도 인간이고
오, 인생은 짧지.
그럼 군인도 마셔야지!
얘들아, 술을 가져와라!

캐시오 정말 훌륭한 노래군.

이아고 이 노래는 영국에서 배웠습니다. 영국 사람들은 정말 대단한 술꾼이에요. 덴마크 사람들, 독일 사람들, 그리고 배불뚝이 네덜란드 사람들[16]도 모두 영국 사람한테는 어림없어요. 자, 마셔라!

캐시오 영국인이 그렇게 술이 센가?

이아고 물론이죠. 영국인은 덴마크인이 술에 취해 뻗을 때까지 눈 한 번 깜짝 않고 마시니까요. 독일인을 쓰러뜨리는 데 땀 한 방울도 흘리지 않고요. 다음 잔이 채워지기도 전에 네덜란드인이 토할 정도라니까요.

캐시오 우리 장군님의 건강을 위해!

몬타노 부관, 나도 장군을 위해 건배하겠소, 그리고 당신과 똑같이 마시겠소.

이아고 오, 사랑스러운 영국이여!

---

16) 당시 덴마크, 독일, 네덜란드 사람들이 술이 세기로 유명했다.

(노래한다)

스티븐 왕께선 훌륭하신 분이었지,
　　입은 바지는 단지 일 크라운밖에 안 했지.
육 펜스도 너무 비싸다고 생각해
　　재단사를 불한당이라고 불렀다네.
그분은 참으로 지체 높으신 분이셨고,
　　네놈은 천하기 짝이 없는 놈이다.
사치 때문에 나라가 망하는 것이니
　　넌 낡은 외투를 걸치고 다녀라.

여기 술 좀 가져와!

캐시오 정말이지, 이 노랜 아까 부른 노래보다 훨씬 더 멋지구먼!

이아고 한 번 더 들려 드릴까요?

캐시오 아니야. 그런 인색한 짓을 하는 자는 높은 자리에 앉을 자격이 없다고 생각하니까. 자, 하느님이 가장 위에 계시지. 그래서 구원받을 영혼도 있고, 구원받지 못할 영혼도 있단 말이야.

이아고 맞습니다. 부관님.

캐시오 나는 말이야. 구원받고 싶다네. 장군님이나 지체 높으신 분들께 누를 끼치려는 건 아니지만.

이아고 저도 바랍니다. 부관님.

캐시오 그렇겠지. 하지만 내가 먼저 구원을 받을 거야. 기수보다는 부관이 먼저 구원받게 되어 있거든. 이제 이 얘기는 그만하고, 우리 임무 수행하러 갑시다. 하느님께서 우리 죄를 용서해 주시길! 여러분, 우리 임무를 살펴봅시다. 여러분, 내가 취했다고 생각지 마시오. 이 사람은 우리 기수, 이건 내 오른손, 그리고 이건 내 왼손이오. 난 취하지 않았어. 난 제대로 서 있을 수 있고, 제대로 말할 수 있단 말이오.

신사들 아주 잘하십니다.

캐시오 그래, 아주 멀쩡하다니까. 그러니 내가 취했다고 생각하지 마시오. (퇴장)

몬타노 여러분, 포대로 가시오. 자, 야간 경계 준비를 해야지.

이아고 방금 나간 저 사람 다들 보셨지요.
시저 옆에 서서도 지시를 내릴 만한
군인이지요. 그런데 약점이 있어요.
춘분과 추분에 밤낮의 길이가 같은 것처럼
장단점의 길이가 같으니 참으로 안타깝지요.
오셀로 장군이 저 사람을 신뢰하고 있지만,
우연히 저 사람의 나쁜 버릇이 드러나서
이 섬 전체를 뒤흔들까 봐 걱정입니다.

몬타노 저 사람이 자주 그러나?

이아고 항상 저러고 나선 잠들어 버리지요.
술에 취해도 정신이 멀쩡하다면

시계가 두 바퀴 돌아도 자지 않고 경비를 설걸요.

몬타노 장군께서
이 사실을 알아 두시는 게 좋겠군.
아마 보지 못하셨거나 관대한 성격이라
캐시오의 장점만 보시고
단점은 보지 않으시는 게 아니겠나?

(로더리고 등장)

이아고 (방백) 로더리고, 어찌 된 일이야?
부관을 쫓아가. 어서! (로더리고 퇴장)

몬타노 정말 유감이군. 고결하신 무어 장군께서
자기 다음으로 중요한 부관 자리를
고질적인 약점이 있는 사람에게 맡기는 위험을 감수하다니.
무어 장군께 사실대로 말씀드리는 것이
정직한 일이오.

이아고 이 아름다운 섬 전체를 준다 해도 전 못합니다.
전 캐시오 부관님이 마음에 들어서 그분의 못된 버릇을
(안에서 외치는 소리 "사람 살려! 사람 살려!")
고치기 위해서 어떤 일이라도 할 겁니다. 한데 들어 보세요. 무슨
소리죠?

(캐시오가 로더리고를 쫓아서 등장)

캐시오 제기랄, 이 악당아! 이 불한당!

몬타노 부관, 무슨 일이오?

캐시오 이 파렴치한 놈이 내게 할 일을 지시해? 네놈을 때려서 고리버들 술병[17]을 만들어 버리겠다.

로더리고 날 때리겠다고?

캐시오 이놈, 주둥이를 놀려?

몬타노 선량한 부관, 그만두시오! 제발 그만두시라니까요.

캐시오 이거 놓으라고, 놓지 않으면 대갈통을 부숴 놓겠다.

몬타노 자, 자, 당신 취했소.

캐시오 취했다니? (둘이서 싸운다)

이아고 (로더리고에게 방백) 나가. 나가서 폭동이라고 소리쳐.

(로더리고 퇴장)

부관님, 안 됩니다, 제발, 여러분!

도와주시오! 부관님! 몬타노 님!

여러분, 도와주시오! 정말 경비 한 번 잘 서는군.

---

17) 버들가지를 엮어 짠 병으로 온몸에 버들가지 줄기 같은 매 자국이 생기도록 때리겠다는 것을 의미한다(*Arden* 191).

(종이 울린다)

누가 종을 치는 거야? 제기랄, 이봐!
도시 전체가 다 깨겠다. 부관님, 제발 참으세요.
평생 수치스러울 거예요!

(오셀로와 수행원들 등장)

오셀로 여기 무슨 일인가?
몬타노 제기랄, 아직도 피가 흐르네.
치명적인 상처를 입었어. 너 죽는다! (캐시오에게 달려든다)
오셀로 살고 싶으면 당장 멈춰라!
이아고 부관님, 멈추세요. 몬타노 님, 여러분!
지위도 의무도 모두 잊어버린 겁니까?
멈춰요! 장군님께서 명령하십니다. 멈춰요. 창피하게!
오셀로 도대체 어찌 된 일인가? 어쩌다 일이 일어난 거지?
우리가 터키인이 된 건가? 그래서 하늘이 터키군에게
금한 일을 우리가 저지르는 것인가?
기독교인의 수치다, 야만적인 싸움은 당장 그만둬라.
격분해 또다시 소동을 일으켜 자신의 영혼을
가볍게 여기는 자는 움직이기만 해도 목숨을 잃을 줄 알아라.

저 무시무시한 종소리를 멈춰라. 온 섬이 놀라서
평온이 깨지겠다. 자네들 어찌 된 일인가?
정직한 이아고, 비탄에 젖어 사색이 된 얼굴인데.
말해라. 누가 시작했나? 자네의 충성심을 믿고 명한다.

이아고 전 모릅니다. 방금 전만 해도 모두 친구였죠.
태도나 말투가 잠자리에 들기 위해 옷을 벗는
신랑 신부 같았는데, 갑자기 지금은
마치 나쁜 별에 영향을 받아 미치기라도 한 듯,
칼을 빼 들고 피를 볼 원수처럼 서로의 가슴에
들이밀었어요. 이런 어리석은 싸움이 어떻게
시작되었는지는 말할 수 없어요.
차라리 저를 이 싸움판에 데려와 끼어들게 한
이 두 다리를 명예롭게 잃는 게 좋겠어요.

오셀로 마이클. 이렇게 본분을 잊다니 어떻게 된 건가?

캐시오 제발 용서하십시오. 드릴 말씀이 없습니다.

오셀로 고귀하신 몬타노, 당신은 늘 점잖으신 분이셨잖소.
젊은 사람이지만 당신의 근엄함과 침착함을
세상이 모두 알고 있는 바요. 현명한 식견을 가진 사람들이
입을 모아 당신의 이름을 칭송합니다. 이렇게 당신의
명예를 집어던져 버리고 훌륭한 평판을
한밤중의 싸움으로 낭비하다니 도대체

어찌 된 일이오? 대답을 해 보시오.

몬타노 훌륭하신 오셀로 장군님, 저는 중상을 입었습니다.
저는 지금 너무 상처를 입어 말씀드리기가
곤란하지만, 장군님의 기수인 이아고가 제가 아는 걸
모두 말씀드릴 수 있을 것입니다. 오늘 밤
제 말이나 행동에는 잘못이 없었다고 믿습니다.
때로는 자신을 돌보는 것이 악덕이 되고
폭력이 공격할 때 스스로를 방어하는 것이
죄가 아니라면 말입니다.

오셀로 이제, 맹세코
내 분노가 보다 안전한 이성을 지배하기 시작하고,
격정이 내 최선의 판단력을 흐려 놓고
길을 인도하려 하는구나. 제기랄, 내가 움직이면,
아니 이 팔을 들어 올리기만 해도, 너희 중 최고로 잘난 자도
내 처벌을 면치 못하리라. 이 추악한 소동이
어떻게 시작되었는지, 누가 시작했는지 내게 말해라.
이 소동을 일으킨 자가 밝혀지면,
나와 함께 태어난 쌍둥이라 할지라도
용서하지 않을 것이다. 아직도 불안정하고
사람들의 마음이 공포로 가득 찬 이 전쟁의 도시에서
우리 편끼리 사사로운 집안싸움을 하다니 이게 무슨 짓인가?

한밤중에 그것도 치안을 책임지는 본부에서?
끔찍하도다. 이아고, 누가 시작했는가?

몬타노 친밀하거나 직책상 동료라서
진실을 조금이라도 왜곡해 보고한다면,
자넨 군인도 아니야.

이아고 그렇게 다그치지 마십시오.
마이클 캐시오 부관님에게 불리한 말을 할 바엔
차라리 이 혀를 입에서 잘라 내는 게 나을 겁니다.
하지만 사실을 말해도 부관님에게 아무런 해를
끼치지 않을 거라 확신합니다. 장군님, 실은 이렇습니다.
몬타노 님과 제가 이야기를 하고 있는데
누군가 살려 달라고 소리치며 나타났어요.
그리고 캐시오 부관님이 칼을 빼 들고 그자를 죽일 기세로
따라왔어요. 장군님, 이 신사분이
부관님을 가로막고 그만두라고 말렸지요.
저는 소리 지르는 자를 쫓아갔어요.
그자의 외침 소리로 도시 전체가 공포에 휩싸일까 봐서요.
결국 그렇게 되었지만, 그자는 발이 빨라서
제가 따라잡지 못하고 재빨리 돌아왔어요.
저는 칼들을 내려치고 서로 부딪치는 소리와
캐시오 부관님이 큰소리로 욕설을 퍼붓는 소리를

들었기 때문이죠. 그런 욕설은 오늘 밤에
처음 들어 본 거였어요. 제가 돌아왔을 때,
아주 잠깐이었지만 저는 두 사람이 함께 맞붙어
때리고 찌르는 걸 봤어요. 둘이 다시 맞붙었을 때,
장군님께서 두 사람을 떼어 놓으신 겁니다.
더 이상은 말씀드릴 수 없습니다.
하지만 인간이라는 게 그렇죠, 최고인 자도 자신의 본분을 잊기
마련이에요.
캐시오 부관님이 이분께 사소한 잘못을 했지만
사람이 화가 나면 가장 아끼는 자도 때리는 법이지요.
하지만 제 생각엔 캐시오 부관님은 달아난 자에게서
도저히 참을 수 없는 심한 모욕을
당한 것이 확실합니다.

오셀로 이아고, 자네가 정직하고
캐시오를 아껴서 이 문제를 대수롭지 않게 말하며
두둔하려는 사실을 나는 알고 있네. 캐시오, 난 널 아끼지만,

(데스데모나가 시종들과 함께 등장)

더 이상은 내 부관으로 둘 수 없다.
봐라, 상냥한 내 아내마저 잠을 깨지 않았느냐!

널 본보기로 삼겠다.

데스데모나 여보, 무슨 일이에요?

오셀로 이제 다 해결되었소, 여보.
침실로 갑시다. 몬타노 님, 당신의 상처는
제가 직접 치료해 주겠습니다. 모시고 가라.

(몬타노가 부축을 받으며 나간다)

이아고, 시내를 주의 깊게 살펴보고
이 추악한 싸움 때문에 혼비백산한 사람들을 진정시키게.
자, 데스데모나, 군인들의 삶이라는 게
싸움 때문에 편안한 잠을 깨기도 하오.

(이아고와 캐시오만 제외하고 모두 퇴장)

이아고 저런, 부관님, 다치셨나요?

캐시오 그렇다네. 어떤 치료도 소용없어.

이아고 아이고, 맙소사!

캐시오 명성, 명성, 명성! 오, 난 내 명성을 잃어버렸어! 나한테 영원히 사라지질 않을 소중한 부분을 잃어버렸고, 짐승 같은 몸뚱이만 남았어. 내 명성. 이아고, 내 명성 말이야!!

이아고 전 정직한 사람이라서 부관님이 진짜 몸에 상처를 입은 줄로만 알았어요. 명성보다는 몸에 입은 상처를 더 감각으로 잘 느낄 수 있으니까요. 명성이란 참으로 허무맹랑하며 정말 믿지 못할 것이지요. 종종 아무런 자격이 없어도 얻을 수 있고, 그럴 만한 이유도 없이 잃어버리기도 하니까요. 스스로를 명성을 잃어버린 자로 평가하지만 않는다면, 부관님께선 절대로 명성을 잃어버린 게 아닙니다. 자, 장군님의 마음을 돌이킬 방법은 얼마든지 있어요. 장군님께선 일시적으로 격분하셔서 부관님을 면직시켰는데, 이건 악의에 찬 처벌이라기보다는 정책적인 처벌이에요. 기세등등한 사자를 위협하려고 죄 없는 개를 두들겨 패는 셈이지요. 장군님께 다시 간청해 보세요. 그럼 들어 주실 겁니다.

캐시오 이처럼 책임감이 없고, 너무나 술에 취해, 그렇게 경솔한 행동을 한 부관이 참으로 훌륭하신 장군님을 기만하는 것보다는 차라리 경멸해 달라고 간청하고 싶네. 술에 취해? 앵무새처럼 조잘대고? 시비나 걸고? 싸움질이나 하고? 욕이나 하고? 자기 그림자를 보고 말도 안 되는 소리나 지껄이고? 오, 보이지 않는 술의 정령아, 네놈에게 알려진 이름이 없다면, 네놈을 악마라고 부르겠다!

이아고 부관님께서 칼을 빼 들고 쫓아간 놈은 누구였나요?
그자가 부관님께 무슨 짓을 저질렀나요?

캐시오 모르겠네.

이아고 그럴 수가 있습니까?

캐시오 여러 일이 뒤섞여 생각나지만, 아무것도 확실한 게 없어. 싸움을 하긴 했는데 왜 그랬는지는 전혀 모르겠네. 오, 하느님, 인간이란 자기 머릿속을 훔쳐 입안에다 원수를 집어넣어 자기 머릿속을 훔쳐 가도록 만드는구나! 그래서 기쁘고 신이 나서 날뛰며 진탕 마시고 박수를 치면서 스스로 짐승이 되는구나!

이아고 아니, 그래도 지금은 멀쩡하신데요. 어떻게 이렇게 정신을 차리신 거예요?

캐시오 주정뱅이라는 악마가 기분이 좋아서 분노라는 악마에게 자리를 양보한 거야. 한 가지 결점이 드러나니까 또 다른 결점이 나타나는군. 솔직하게 내 자신을 경멸하도록 말이야.

이아고 진정하세요. 부관님은 지나치게 도덕론자십니다. 시간이나 장소나 이 나라가 처한 상황으로 고려해 볼 때, 저도 이런 상황이 발생하지 않았기를 진심으로 바라지만, 이미 일이 일어났으니 부관님께 유리한 대책을 강구하도록 해야 합니다.

캐시오 다시 한 번 부관 자리를 맡겨 달라고 사정해야겠어. 그럼 장군님은 내가 주정뱅이라고 말씀하시겠지. 내가 히드라[18]처럼 입이 여러 개가 달려 있다고 해도 주정쟁이란 말을 들으면 모든 입이 막혀 버리겠지. 지금은 분별력이 있지만, 점점 바보가 되고 곧 짐승이 된다니까! 오, 이상한 일이야! 과도한 술잔마다 모두 저주

---

18) 그리스 신화에 나오는 아무리 잘라도 머리가 두 배로 한없이 돋아 나오는 괴물이다.

를 받고 술잔에 담긴 술은 악마야.

이아고 진정하세요. 좋은 술은 잘만 사용하면 좋은 친구가 된다고요. 더 이상 술을 탓하지 마세요. 그리고 부관님, 제가 부관님을 사랑하는 건 아시겠죠.

캐시오 그건 인정하지. 그런데 내가 취했지?

이아고 부관님뿐만 아니라 누구든지 살아 있는 사람이라면 어느 때든 술에 취할 수 있어요. 부관님이 어떻게 해야 할지 알려 드리겠습니다. 이제 장군님의 부인이 장군님이십니다. 제가 이렇게 말씀드리는 이유는 장군님께서 부인의 온갖 재능과 매력을 생각하고 주목하며 표현하는 데에만 정신이 팔려 계시거든요. 부인께 부관님의 사정을 솔직하게 털어놓으시고, 부인의 도움으로 복직될 수 있도록 사정해 보세요. 부인께선 참으로 너그러우시고, 친절하시고, 영리하신 데다 고상한 성품을 타고나셔서 부탁받은 일 이상으로 해 주지 못하면 선량한 마음에 비춰 죄악이라고 생각하시죠. 부관님과 장군님 사이의 부러진 관절을 부인께 부목을 대고 맞춰 달라고 간청하세요. 제 전 재산을 걸고 어떤 내기를 해도 좋습니다. 이번에 금이 간 두 분의 사랑이 이전보다 더욱 단단해질 겁니다.

캐시오 아주 좋은 충고야.

이아고 진심으로 부관님을 생각해 진실한 사랑과 애정으로 드리는 말이지요.

캐시오 나도 자네 말을 거리낌 없이 받아들이겠네. 그리고 내일 아침 일찍 고결하신 데스데모나 부인께 내 일을 도와 달라고 간청해야지. 여기서 실패하면 내 운명은 절망뿐이니까.

이아고 옳은 말씀이세요. 부관님, 안녕히 주무십시오, 전 야간 경비를 서러 가야 합니다.

캐시오 잘 가라, 정직한 이아고. (퇴장)

이아고 이러니 누가 나한테 악당 노릇을 한다고 말하겠어?
내가 해 주는 충고는 솔직하고 진실하며,
그럴듯한 생각에다 정말 무어 놈에게 다시
호감을 얻을 수 있는 방법 아닌가? 솔직하게 부탁하면
기꺼이 도우려는 데스데모나의 마음을 움직이는 건
참으로 쉬운 일이지. 그 여자는 남들을 대하는 데 있어
너그러운 천성을 타고났으니까. 그러고 나서 그녀가
무어 놈을 설득하는 거지. 세례를 부인하고
온갖 속죄의 징표를 다 내던져 버리는 일이라도
그의 영혼은 부인에 대한 사랑에 속박되어 있으니,
이렇게 해라, 하지 마라 하며 자신이 원하는 대로 할 수 있지.
그녀의 사랑이 무어인의 쇠약한 본능을 신처럼
좌지우지할 테니까. 캐시오에게 직접 이익이 될
적당한 경로를 일러 주고 있는데
내가 왜 악당이야? 지옥의 신이여!

악마들이 인간에게 가장 흉악한 죄를 씌울 때
처음에는 천상의 모습으로 나타나 제안을 하지.
지금 내가 하는 것처럼 말이야. 이 정직한 바보가
자기 팔자를 고쳐 달라고 데스데모나에게 사정을 하고
그녀가 캐시오를 변호하며 무어 놈에게 간청을 하는 동안,
욕정을 채우려고 캐시오의 복직을 청하는 거라고
무어 놈의 귓속에 독약을 부어 넣어야지.
그녀가 캐시오를 위해 애를 쓰면 쓸수록
무어 놈의 신뢰를 잃게 되겠지.
그렇게 해서 그녀의 정숙함을 더럽히고,
그녀의 선의를 이용해 그들 모두를 걸려들게 할
그물을 만드는 거야.

(로더리고 등장)

로더리고, 어쩐 일인가?

로더리고 내가 뒤쫓다 보니 여기까지 따라오기는 했지만, 사냥하는 사냥개가 아니라 괜히 소리나 질러 대는 개꼴이라니. 돈도 거의 다 써 버리고, 오늘 밤에는 몽둥이로 실컷 두들겨 맞았어. 결론은 고생한 대가로 경험을 많이 쌓았다는 것일 뿐. 어차피 돈도 없고 이제 제정신이 좀 들었으니, 베니스로 돌아가겠어.

이아고 인내심이 없는 사람들이야말로 정말 불쌍해!
어떤 상처든 때가 되어야 아무는 법 아니겠나?
우리는 머리를 쓰는 거지, 마술을 부리는 게 아니야.
머리를 쓰는 일은 시간이 걸린다는 걸 자네도 알잖아.
일이 잘되고 있지 않나? 캐시오가 당신을 때렸지만
자네는 약간 얻어맞고 캐시오를 파면시켰잖아.
내 다른 계획들이 햇빛을 받아 잘 자라고 있지만,
먼저 꽃이 피는 열매가 먼저 익는 법이거든.
잠시만 참고 기다려. 아이고, 벌써 아침이군.
즐거운 일을 하면 시간이 빨리 가는 것 같아.
이제 그만 배정받은 막사로 돌아가.
어서 가. 나중에 더 알려 주겠네.
아니, 빨리 가라니까. (로더리고 퇴장)
처리할 일이 두 가지 있지.
아내가 마님[19]께 가서 캐시오를 위해 탄원토록 시켜야지.
아내를 부추겨야겠어.
그동안 나는 무어 놈을 부인에게서 떼어 놓았다가
캐시오가 자기 아내에게 간청하고 있는 것을 보도록
때맞춰 데려와야지. 그래, 바로 그거야!
계략을 주저하며 미루다가 무디게 해서는 안 돼! (퇴장)

19) 데스데모나를 말한다.

3막 1장

(캐시오와 악사들 등장)

캐시오 여러분, 여기에서 연주하시오. 수고비는 충분히 줄 테니. 좀 짧은 곡으로 연주한 후에 "장군님, 안녕히 주무셨습니까" 하고 인사해 주시오.

(악사들이 연주한다. 광대 등장)

광대 악사 여러분, 당신들 악기는 나폴리에 갔다 오셨나, 왜 그렇게 콧소리를 내는 거요?

악사 1 뭐, 무슨 소리요?

광대 좀 물어보겠는데, 이것들은 관악기들인가요?

악사 1 그렇소.

광대 오, 그래서 거기에 꼬리[20]가 달려 있군.

악사 1 어디에 이야기가 있다는 거요?[21]

광대 정말이지, 내가 아는 많은 관악기가 그렇다니까요. 어쨌든, 악사 양반들, 여기 돈이오. 장군님께서는 여러분의 음악을 너무나 좋아하셔서 제발 더 이상 여러분이 시끄러운 소리를 내지 않기를 바라시네요.

악사 1 좋아요. 그럼 그만두겠어요.

광대 귀에 들리지 않는 음악이 있으면 다시 연주해도 좋소. 하지만 장군님께서는 음악 듣는 걸 그다지 좋아하지 않으신다는구려.

악사 1 귀에 들리지 않는 음악은 없소.

광대 그럼 당신들 피리를 가방 속에 집어넣으시오. 난 가 봐야 하니까. 가시오. 공기 중으로 꺼져 버려라! 어서.

(악사들 모두 퇴장)

캐시오 정직한 친구, 내 말 좀 들어 보겠나?

광대 아니요, 정직한 친구 말은 안 들리고 당신 말이 들리는군요.

캐시오 제발, 말장난은 그만두게. 여기 얼마 안 되지만 금화를 받아. 장군님 부인의 시중을 드는 시녀가 일어나면, 캐시오란 사람이 잠

---

20) 광대가 말한 '꼬리(tail)'는 남성의 성기를 뜻한다(*Arden* 205).

21) 악사는 광대가 말한 '꼬리(tail)'를 '이야기(tale)'로 알아들은 것으로 셰익스피어의 말장난을 나타낸다.

시 할 말이 있다고 전해 줘. 그렇게 해 주겠나?

광대 나리, 그 여자는 일어났어요. 이쪽으로 나오면 말을 전할 수 있을 겁니다.

캐시오 그렇게 해 주게, 착한 친구. (광대 퇴장)

(이아고 등장)

마침 잘 왔네, 이아고.

이아고 어젯밤에 한잠도 못 주무셨어요?

캐시오 그래, 못 잤어. 우리가 헤어지기 전에 날이 새어 버렸거든.
이아고, 내가 염치 불구하고 자네 부인에게
사람을 보냈어. 부인에게 부탁한 건
고결한 데스데모나와 만날 수 있도록
해 달라는 거지.

이아고 제가 바로 아내를 부관님께 보내겠어요.
전 무어 장군님을 다른 데로 유인할 방법을
찾아보겠습니다. 그렇게 해야 좀 더 편히
용건을 말하실 수 있겠지요.

캐시오 정말 고맙네. (이아고 퇴장)
플로렌스인 중에
이렇게 친절하고 정직한 사람은 본 적이 없어.

(에밀리아 등장)

에밀리아 부관님, 안녕하세요, 장군님의 신의를 잃으셔서
참 안 됐어요. 하지만 분명히 다 잘될 거예요.
장군님과 부인께서는 그 얘기를 하고 있는데
부인께서 부관님을 강력하게 변호하고 계세요.
무어 장군님께서는 부관님에게 상처를 입힌 분이
사이프러스에서 매우 유명하시고,
고위층의 친척이라고 하셨어요. 그래서 온당한 조치로서
부관님을 면직시킬 수밖에 없으셨대요. 하지만 장군님께선
부관님을 아낀다고 말씀하셨어요. 다른 사람이
간청하지 않아도 적당한 기회가 오면
부관님을 다시 부르시겠답니다.

캐시오 그래도 부탁드리오.
적당한 기회다 싶고, 가능하겠다고 생각되면
데스데모나 님과 단둘이 잠깐이라도 얘기를
나눌 수 있는 기회를 만들어 주시오.

에밀리아 그럼, 들어오세요.
부인께 터놓고 속마음을 말씀하실 수 있는 곳으로
모시겠어요.

캐시오 정말 신세를 많이 지는구려. (모두 퇴장)

3막 2장

(오셀로, 이아고, 신사들 등장)

오셀로 이아고, 이 편지들을 선장에게 전달하고
원로원에 내 인사를 전해 달라고 하게.
난 성채 위를 거닐고 있을 테니 그 일이 끝나면,
그리로 오게.

이아고 예, 장군님, 그렇게 하겠습니다.

오셀로 여러분, 이 성채를 둘러볼까요?

신사들 저희가 모시겠습니다.

(모두 퇴장)

3막 3장

(데스데모나, 캐시오, 에밀리아 등장)

데스데모나 캐시오, 안심하세요. 당신을 위해서
내가 온 힘을 다하겠어요.

에밀리아 마님, 그래 주세요. 제 남편도 마치 자기 일처럼
걱정하고 있거든요.

데스데모나 오, 참 충직한 사람이군. 캐시오, 염려 마세요.
남편과 부관님 사이를 예전처럼 친근하게
만들어 드리겠어요.

캐시오 너그러우신 부인,
마이클 캐시오에게 무슨 일이 생기더라도
부인의 충실한 하인이 되겠습니다.

데스데모나 알아요. 고마워요. 당신은 제 남편을 좋아하고

그분을 안 지 오래되셨으니, 남편이 정책상 거리를
두는 것 외에 모르는 척하시지는 않을 테니
안심하세요.

캐시오 예, 부인, 하지만
그 정책이 너무 오랫동안 지속되거나
보잘것없는 먹이를 먹으며 자라거나
어떤 상황 때문에 더욱 강화되어,
제가 없는 사이에 제 자리가 채워지면
장군님께선 제 사랑과 공적을 잊어버리시겠지요.

데스데모나 그건 염려 마세요. 여기 있는 에밀리아 앞에서
제가 당신의 복직을 보증할게요. 분명히 말씀드리는데,
우정을 맹세하면 전 마지막 항목까지
꼭 이뤄 내고 마니까요. 남편은 쉬지 못할 거예요.
들을 때까지 잠도 못 자고 참을 수 없을 때까지 말할 거예요.
잠자리는 학교가 되고, 식탁은 고해소 같을 거예요.
남편이 하는 모든 일에 캐시오의 복직을 간청하며
개입할 거예요. 그러니 기운 내요, 캐시오.
당신을 변호하기로 한 이상 간청을 포기하느니
차라리 죽겠어요.

(오셀로와 이아고 등장)

에밀리아 부인, 장군님께서 오십니다.

캐시오 부인, 전 그만 가 보겠습니다.

데스데모나 아니, 그냥 계세요. 제가 하는 말을 들어 보세요.

캐시오 부인, 지금은 아니에요. 마음이 몹시 불편해서
제대로 간청을 드릴 수 없거든요.

데스데모나 그럼, 좋으실 대로 하세요. (캐시오 퇴장)

이아고 하! 저건 아니지.

오셀로 무슨 말인가?

이아고 아무것도 아닙니다, 아니 혹시, 모르겠습니다.

오셀로 내 아내와 헤어진 사람이 캐시오가 아니었나?

이아고 캐시오라고요, 장군님? 그럴 리가요. 장군님 오시는 걸
보고서 그렇게 죄지은 듯 몰래 도망치다니
캐시오일 리가 없습니다.

오셀로 분명히 캐시오였는데.

데스데모나 여보, 어쩐 일이세요?
저는 한 청원자와 이야기를 나누던 중이었어요.
당신이 노여워해서 풀이 죽은 분이지요.

오셀로 누구를 말이오?

데스데모나 아, 당신의 부관 캐시오지요, 여보.
제게 당신의 마음을 움직일 힘이나 특권이 있다면,
그분의 참회를 받아들이세요.

그분이 진심으로 당신을 사랑하지 않는 사람이라면
몰라서가 아니라 고의로 실수한 거라면
전 정직한 얼굴을 분별하는 판단력이 없는 거예요.
제발 그분을 다시 부르세요.

오셀로 그가 지금 여기에서 나갔소?

데스데모나 네. 그분은 정말이지 너무 풀이 죽어
슬픔의 일부를 제게 남겨 두고 떠나서
저도 고통스러워요. 여보, 그분을 다시 부르세요.

오셀로 사랑스러운 데스데모나, 지금은 아니오. 다른 때 부르겠소.

데스데모나 그렇지만 곧 부르실 거죠?

오셀로 당신을 위해 좀 더 빨리 부르겠소.

데스데모나 오늘 밤 저녁 식사 때요?

오셀로 아니, 오늘 밤은 안 되오.

데스데모나 그럼 내일 점심때는요?

오셀로 내일 집에서 식사하지 않을 거요,
성채에서 장교들을 만나기로 했소.

데스데모나 아, 그럼 내일 밤, 아니면 화요일 아침,
화요일 낮이나 밤에요? 수요일 아침이요!
제발 시간을 정해 주세요. 하지만 사흘을
넘기진 마세요. 정말이지, 그분은 뉘우치고 있어요.
하지만 상식적으로 생각해 봐도, 전쟁 중일 때에

가장 우수한 사람 중에서 본보기를 삼아야 한다는 걸
제외하면 그분의 잘못은 사적인 관계를 끊을 정도의
잘못은 아니에요. 그분을 언제 오라고 할까요?
말해 주세요, 오셀로. 당신이 제게 부탁하는 일을
제가 거절하거나 이렇게 망설이는 그런 경우가
있었는지 궁금해요. 무엇보다 마이클 캐시오는
당신이 제게 구애할 때 같이 온 분이잖아요? 몇 번이나
제가 당신에 대해 안 좋은 말을 할 때도
당신 편을 들었던 분이에요. 그분을 불러들이는 일이
그렇게 힘든 건가요? 정말 저라면 그 이상도 할 수 있어요!

오셀로 제발 그만해요. 오고 싶을 때 오라고 하시오.
당신 부탁은 거절하지 않을 테니.

데스데모나 아니, 이건 호의가 아니에요.
당신이 장갑을 끼라든가, 영양가 있는 식사를 하라든가,
몸을 따뜻하게 하라든가, 또는 당신에게
특별히 이익이 될 일을 하도록 제가 권해 드리는
일과 같아요. 아니, 제가 정말
당신의 사랑을 시험해 볼 생각으로 부탁을 드릴 때라면,
그 부탁은 한층 더 무겁고 어려워서 들어 주기
무서운 부탁이 될 거예요.

오셀로 어떤 부탁이든 들어 주겠소.

그러니까 제발 부탁이오.
잠시만이라도 나 혼자 있게 해 주시오.

데스데모나 제가 거절할 리 있나요? 아니에요. 여보, 잘 있어요.

오셀로 잘 가요, 데스데모나. 곧 당신에게 가겠소.

데스데모나 에밀리아, 가자. 당신 마음대로 하세요.
뭘 하시든지 전 따르겠어요.

(데스데모나와 에밀리아 퇴장)

오셀로 정말 사랑스러워! 당신을 사랑하지 않는다면
내 영혼은 파멸에 사로잡히리라! 당신을 사랑하지 않을 때
다시 혼돈이 닥치리라.

이아고 고귀하신 장군님.

오셀로 무슨 일인가, 이아고?

이아고 장군님께서 부인께 구애하셨을 때, 마이클 캐시오가
두 분의 사랑을 알고 있었나요?

오셀로 처음부터 끝까지 알고 있었지.
그건 왜 묻는 건가?

이아고 그저 짚이는 게 있어서요.
다른 뜻은 없습니다.

오셀로 이아고, 자네 생각은 뭔데?

이아고 전 그가 부인을 알고 있었다는 걸 몰랐습니다.

오셀로 음, 알고 있었지. 우리 사이를 자주 오갔어.

이아고 정말인가요?

오셀로 정말이냐고? 정말이야. 뭔가 미심쩍은 일이라도 있나?
그가 정직하지 않다는 건가?

이아고 정직하다고요, 장군님?

오셀로 정직하다고요? 그래, 정직하냐고.

이아고 장군님, 제가 아는 바로는.

오셀로 자네는 어떻게 생각하나?

이아고 생각이요, 장군님?

오셀로 생각이요, 장군님! 아니, 자네는 내 말만 따라 하는군.
자네 생각 속에 너무 끔찍해서 보여 줄 수 없는
괴물이 있는 것처럼 말이야. 자넨 뭔가 할 말이 있어.
방금 전 캐시오가 내 아내와 헤어졌을 때도,
"저건 아니지"라고 말했어. 뭐가 아니라는 건가?
그리고 그가 나의 전 구애 과정 동안 내 조언자였다는
말을 듣고는 "정말인가요?" 하고 소리쳤어.
그리고 마치 어떤 끔찍한 생각을
자네 머릿속에 담아 놓기라도 한 듯
이마를 잔뜩 찌푸렸지. 날 정말 위한다면,
자네 생각을 말해 보게.

이아고 장군님, 제 사랑을 아시잖아요.

오셀로 그렇다고 생각하네.
자네가 날 위하고 정직하다는 건 잘 알고 있지.
자네가 말을 내뱉기 전에 말의 경중을 따지는 것도 알기에
이처럼 머뭇거리는 것이 더욱 불안하단 말이야.
거짓되고 불충한 자에게 그런 행동은
상투적인 속임수에 불과하지만 정직한 자에겐
가슴에서 우러나오는 열정으로는
통제할 수 없는 은밀한 암시거든.

이아고 마이클 캐시오로 말하자면
감히 맹세하건데, 정직하다고 생각합니다.

오셀로 나도 그렇게 생각하네.

이아고 사람은 겉과 속이 같아야 합니다.
그렇지 않은 자들은 정직한 척하지 않았으면 좋겠어요.

오셀로 맞는 말일세. 사람은 겉과 속이 같아야지.

이아고 그렇다면 전 캐시오 부관이 정직하다고 생각합니다.

오셀로 아니, 자네 말엔 아직도 뭔가 더 있어.
제발 자네가 생각하는 대로,
정확히 말해 주게. 가장 나쁜 생각을
가장 나쁜 말로 말해도 괜찮으니 말이네.

이아고 장군님, 용서하십시오.

제가 모든 직무를 수행해야 하는 입장이지만.
모든 노예에게도 생각의 자유는 있습니다.
생각을 말하라고요? 글쎄요, 더럽고 거짓된 생각이면요?
때로는 궁전에도 더러운 것들이 침입하는 일도
있잖습니까? 아무리 순수한 가슴을 가진 자라도
불결한 생각이 합법적인 생각과
재판정에 나란히 앉아 재판을 진행할 자가
누가 있겠어요?

오셀로 이아고, 자네 친구가 부당한 일을 당했다고 생각하면서도
자네의 생각을 친구에게 털어놓지 않는다면
자넨 친구를 해치는 음모를 꾸미는 셈이야.

이아고 제발 부탁입니다.
어쩌면 제 짐작이 틀릴 수도 있습니다.
사실을 말씀드리면, 저에겐 남의 잘못을 염탐하고
억측을 해 종종 있지도 않은 잘못을 만들어 내는
나쁜 습관이 있습니다. 지혜롭게 판단하셔서
불확실한 추측을 하는 자의 말을 무시하시고,
저의 불확실하고 마구잡이식 관찰 때문에
스스로를 곤경에 빠트리지 마십시오.
제 생각을 말씀드리는 건 장군님의 평안이나 이익에
도움이 안 될 뿐만 아니라 제 사내다움과 정직성,

분별력에도 도움이 안 됩니다.

오셀로 제기랄! 그게 무슨 소리인가?

이아고 장군님, 남녀를 불문하고
명예는 그들 영혼이 지닌 보석 그 자체입니다.
제 지갑을 훔치는 자는 쓰레기를 훔친 셈이지요.
지갑은 있다가 없어지고 내 지갑이었다가 그자의 지갑으로
수천 명을 섬기는 노예였던 셈이지요.
하지만 저한테서 명예를 훔치는 자는
자신은 부자가 되지 못하지만 돈이 없는 저를
정말 가난하게 만들지요.

오셀로 맹세코, 자네 생각을 알아내야겠어!

이아고 제 마음이 장군님의 손안에 들어 있다 해도 안 됩니다.
제가 그걸 보관하는 한, 못하십니다.

오셀로 하!

이아고 오, 장군님, 질투심을 조심하세요!
그놈은 초록색 눈을 가진 괴물인데 자신이 먹어치우는
먹이를 조롱하지요. 오쟁이 진 남편은 자기 운명을 확신하고
부정한 부인을 사랑하지 않으면 더없이 행복하게 살지요.
하지만 오, 푹 빠졌지만 의심하고 수상히 여기면서도
열렬히 사랑하는 자는 얼마나 저주받은 시간을 헤아리겠어요!

오셀로 오, 비참하도다!

이아고 가난하지만 만족하는 자는 부자죠, 아주 충분히 부자죠.
반면 엄청난 부자라도 가난해질까 봐
늘 걱정하는 자는 겨울처럼 가난한 법입니다.
하느님, 제 모든 종족의 영혼들을 질투로부터
지켜 주소서!

오셀로 왜, 왜 이런 소리를 하는가?
자네는 내가 평생 질투 속에 살면서
달이 변할 때마다 새로운 의심을 할 거라고
생각하는가? 아니야, 난 일단 의심하면
단번에 해결하는 사람이야. 자네가 추측한 대로
근거도 없이 부푼 억측을 내 영혼에 마음 쓰는 일이
생긴다면 날 염소와 바꾸게. 내 아내가 예쁘고 잘 먹고
남들과 어울리기 좋아하며, 거침없이 말하고, 노래하고
연주하고 춤을 잘 춘대도 난 질투심을 느끼지 않아.
이런 것들은 덕이 있으면 더욱 장점이 되지.
내게도 결점이 있지만, 그렇다고 해서
아내가 배반하리란 우려나 의심을 조금도 하지 않겠다.
그녀는 눈으로 직접 보고 나를 선택했으니까. 아니, 이아고,
난 의심하기 전에 확인할 거야. 의심이 들면 검증할 것이며
증거가 있으면 방법은 단지 이것뿐이야.
당장 사랑을 포기하든가 아니면 질투심을 버리는 거지!

이아고 그렇게 말씀하시니 기쁩니다. 이제야 솔직한 심정으로
장군님께 품고 있는 제 애정과 충성심을
보여 드릴 이유가 생겼어요. 그럼 의무감에서 말씀드리니
받아들이십시오. 아직 증거가 있는 것은 아닙니다.
부인을 살피세요. 캐시오와 함께 있을 때 잘 관찰하세요.
질투하지도 안심하지도 않는 눈빛을 하셔야 합니다.
전 장군님께서 관대하고 고상하신데 자신의 착한 성품 때문에
속는 모습을 보고 있지만은 않을 겁니다. 잘 살피십시오.
전 우리나라 사람들의 기질을 잘 압니다.
베니스에서 여자들은 남편 앞에서는 감히 보여 주지 못하는
못된 장난을 하느님 앞에서는 보여 줍니다.
그들에게 최선의 양심이란 못된 짓을 안 하는 게 아니라
안 들키고 하는 거랍니다.

오셀로 그렇단 말이지?

이아고 부인께선 장군님과 결혼할 때 아버지를 속이셨고,
장군님 얼굴이 무서워 떠는 것처럼 보였을 때에도
그 모습을 가장 사랑하시고 계셨습니다.

오셀로 그랬지.

이아고 아, 그거에요.
그렇게 젊은 여자가 그처럼 교묘하게 외관을 꾸미고
자기 아버지 눈을 감쪽같이 속여서

부인의 아버지는 그게 마술인 줄 알았다니까요.
하지만 제 잘못이 너무 큽니다.
장군님을 무척 사랑하다 보니
제발 용서해 주십시오.

오셀로 자네에게 영영 빚을 지고 말았네.

이아고 제 말 때문에 장군님 기분이 조금 상하셨지요.

오셀로 아니, 조금도 그렇지 않네.

이아고 실은 낙담하셨을까 봐 걱정입니다.
장군님을 사랑하는 마음에서 말씀드린 것으로
생각해 주십시오. 하지만 언짢아 보이십니다.
제발 제 말을 추잡한 문제로 삼거나
더 큰 문제로 확대하지 마시고
단순히 의심 정도로 흘려버리십시오.

오셀로 그러지 않겠어.

이아고 장군님, 그렇게 하신다면,
제 말은 제가 전혀 의도치 않았던 나쁜 결과를
초래할 것입니다. 캐시오는 저의 소중한 친구입니다.
장군님, 기분이 언짢아 보이십니다.

오셀로 아니, 그렇지 않네.
난 데스데모나가 정숙하다고 생각하니까.

이아고 부인께서 늘 정숙하시고 장군님도 그렇게 생각하시길.

오셀로 하지만 어떻게 본성을 저버리고—

이아고 예. 바로 그 점입니다. 감히 말씀드리자면,
부인께서는 나라, 피부색, 신분이 같은
남성들의 청혼을 여러 번 거절하셨지요.
누구나 모든 면에서 그런 식으로 끌리는 게 당연한데도요.
쳇! 우린 그런 욕망 속에서 가장 부패하고
추하게 일그러진 비정상적인 생각을 파악할 수 있지요.
하지만 용서하십시오. 부인께서 본래의 분별력을
되찾아 자기 나라 남자들과 장군님을 비교해 보고
혹시 자신의 결정을 후회하시는 건 아닌지
걱정이 좀 됩니다만, 제가 부인에 대해 구체적으로
말씀드릴 입장은 아닙니다.

오셀로 됐네. 그만 가 보게,
더 알아내는 게 있으면 내게 알려 주게.
자네 부인보고 살피라 하게. 가 보게. 이아고.

이아고 장군님, 그럼 물러나겠습니다.

오셀로 내가 왜 결혼을 했을까?
이 정직한 자는 분명히
보고 아는 게 털어놓은 것보다 훨씬 더 많아.

이아고 (돌아오며) 장군님, 부탁입니다만 이 일을 더 이상
들춰 내지 마십시오, 그냥 시간에 맡기세요.

캐시오가 부관 자리를 차지하는 게 맞고
확실히 임무를 수행할 훌륭한 능력을 갖추고 있지만,
잠시 거리를 두고 그를 지켜보신다면
그 사람과 그가 쓰는 수단을 인지하실 겁니다.
부인께서 그자의 복직을 강력하게 또는 집요할 정도로
요구하시는지 여부를 살펴보십시오.
그것만으로 많은 것을 짐작하실 수 있을 겁니다. 그동안
제 걱정이 너무 앞섰다고 생각하시고
(제가 걱정할 이유가 충분히 있기도 하고요.)
부인의 결백함을 믿으시기를 간청합니다.

오셀로 내 처신은 걱정 말게.

이아고 그럼 전 다시 물러가겠습니다. (퇴장)

오셀로 저 친구는 몹시 정직한 데다
세상 물정에 밝아서 인간관계의 온갖 것을 꿰뚫어 볼 수
있단 말이지. 그녀가 길들일 수 없는 매임이 밝혀지면,
발목을 묶은 끈이 내 심장을 매달아 놓은 생명줄이라 해도
휘파람을 불어 놓아주고 바람 부는 쪽으로 날려 보내서
마음대로 살게 하겠다. 아마도 내가 흑인이고
난봉꾼처럼 낯간지러운 교제에 능하지 못하기 때문에
혹은 내 나이가 황혼기에 접어든 까닭에
—별로 그렇지 않은데—

그녀는 떠났어. 난 모욕을 당했어, 그녀를 미워하는 길만이
내 위로가 되리라. 오, 저주스러운 결혼이여,
이 아름다운 여인들을 우리 것이라 부르면서
그들의 욕망은 가질 수 없다니! 난 차라리 두꺼비가 되어
땅속 습기나 마시며 살지언정
내가 사랑하는 물건[22]의 한 구석만 차지하고
나머지는 남들이 쓰게 하진 않겠다. 하지만 위인들이 받는
저주야. 그들은 천한 자들보다 특전이 더 적으니까.
이건 죽음처럼 피할 수 없는 운명이다.
우리가 어머니 배 속에 있을 때부터
이마에 뿔이 돋는 불행[23]을 타고난 거지.

(데스데모나와 에밀리아 등장)

데스데모나가 오는구나.
그녀가 부정하다면 오, 하늘이 스스로를 조롱하는 거야.
난 믿지 않겠다.

데스데모나 사랑하는 오셀로, 어찌된 일인가요?
저녁 식사가 준비되어 있고, 당신이 초대한

---

22) 오셀로는 가부장으로서 여성을 사물로 인식하고 데스데모나를 소유의 대상으로 보고 있다.
23) 오쟁이 진 남편(cuckold)을 의미한다.

섬의 고귀한 분들이 당신을 기다리고 있어요.

오셀로 미안하오.

데스데모나 왜 그렇게 목소리에 힘이 없으시죠?
어디 편찮으셔요?

오셀로 이마에 통증이 있소. 여기.

데스데모나 정말, 잠을 못 주무신 탓이에요. 다시 나아질 거예요.
제가 이마를 단단히 묶어 드릴게요. 한 시간 안에
나아지실 거예요.

오셀로 당신 손수건은 너무 작아.

(데스데모나가 손수건을 떨어뜨린다)

내버려 둬요. 자, 함께 들어갑시다.

데스데모나 당신이 편찮으셔서 정말 걱정이에요.

(오셀로와 데스데모나 퇴장)

에밀리아 이 손수건을 손에 넣은 건 아주 잘된 일이야.
이건 부인이 무어인에게서 받은 첫 선물이었지.
도무지 알 수 없는 내 남편이 이걸 훔쳐 오라고 내게
백 번이나 졸라 댔지. 하지만 무어 장군이 항상 지니라고

부탁했기 때문에 부인이 이 손수건을 무척 아끼며
항상 몸에 지니고 다니면서 여기에 키스도 하고
말을 걸기도 한단 말이야. 수놓은 모양을 그대로 본떠서
남편에게 줘야지. 그걸로 뭘 하려는 건지는
하늘이나 알까, 난 모르겠다.
난 그저 남편의 변덕이나 맞춰 주면 되는 거지.

(이아고 등장)

이아고 웬일이야! 여기서 혼자 뭘 하는 거야?
에밀리아 나무라지 말아요. 당신한테 줄 것이 있으니까.
이아고 줄 게 있다고? 보나마나 흔한 거겠지.
에밀리아 하!
이아고 멍청한 여편네.
에밀리아 오, 말 다했어요? 지금 바로 그 손수건을 주면
내게 뭘 줄 거예요?
이아고 무슨 손수건?
에밀리아 무슨 손수건이요?
아니, 무어 장군이 데스데모나 부인께 처음 준,
당신이 내게 그렇게 자주 훔쳐 오라고 조르던 것 말이에요.
이아고 부인에게서 훔쳤어?

에밀리아 아니요. 부인이 무심코 떨어뜨렸어요.
마침 내가 그곳에 있어서 운 좋게 주웠어요.
봐요, 여기 있어요.

이아고 착한 마누라, 나에게 줘.

에밀리아 이걸로 도대체 뭘 하려고 나한테 그렇게나 훔쳐 오라고
졸라 댄 거예요?

이아고 (손수건을 잡아채며) 왜, 그게 당신하고 무슨 상관인데?

에밀리아 특별히 중요한 목적이 있는 게 아니면
돌려줘요. 불쌍한 부인, 손수건이 없어진 걸
아시면, 미쳐 버리실걸요.

이아고 모르는 척해.
쓸데가 있으니까. 그만 가 봐. (에밀리아 퇴장)
이 손수건을 캐시오 숙소에 떨어뜨려서
놈이 발견토록 해야지. 질투에 사로잡힌 자에게는
공기처럼 가볍고 사소한 것들이 성경 말씀처럼 강력한
증거물이 되거든. 이게 무슨 일을 벌일 수 있을 거야.
무어 놈은 벌써 내 독약을 먹고 변하고 있어.
위험한 상상은 본성이 독약과 같아서
처음에는 고약한 맛을 잘 알지 못하지만
혈액에 조금만 작용을 가하면
유황 광산처럼 타오르지.

(오셀로 등장)

내가 그렇다고 했잖아.
저기 오는 걸 봐! 어떤 아편도, 마취제도
세상의 온갖 수면제도 어젯밤 네가 즐긴
달콤한 잠을 다시는 주지 않을 테니.

오셀로 하! 하! 날 배신해?

이아고 아아, 장군님, 왜 그러세요? 그 일은 그만 생각하십시오.

오셀로 가, 꺼져 버려. 네가 날 고문대 위에 올려놓았어.
조금 알고 있는 것보단
완전히 속는 편이 낫겠다.

이아고 장군님, 왜 그러세요?

오셀로 아내가 몰래 음탕한 짓을 해도 내가 어찌 알았겠느냐?
난 보지도 않았고, 생각지도 않았으니 괴롭지도 않았어.
다음 날 밤에도 잘 잤고, 잘 먹고 편하고 즐거웠어.
아내 입술 위에 캐시오가 남긴 키스는 못 봤어.
도둑을 맞은 자가 빼앗긴 사실을 모르면
알리지 마라. 그럼 도둑을 맞은 게 전혀 아니니까.

이아고 그 말씀을 들으니 안타깝습니다.

오셀로 내가 아무것도 몰랐다면, 공병들과 부대의
모든 장병이 아내의 아름다운 몸을 맛봤다 해도

난 행복했을 것이다. 오, 이제 마음의 평안과는
영원히 안녕. 만족감과도 안녕이다!
깃털로 장식한 군대와 야망을 미덕으로 바꿔 주는
큰 전쟁들이여, 잘 가라! 오, 잘 가라.
히힝 우는 군마도 날카롭게 울리는 나팔 소리도
사기를 충전하는 북소리도 귀청 뚫는 피리 소리도
웅장한 깃발과 영광스러운 전쟁의
온갖 뛰어난 면모도 화려함과 행렬도 모두 안녕이다!
그리고 오, 치명적인 대포들아, 너희의 무례한 목구멍으로
제우스신의 끔찍한 고함을 흉내 내는 대포들아.
잘 있어라! 이제 오셀로가 할 일은 없다.

이아고 장군님, 그럴 리가요?

오셀로 못된 놈, 내 아내가 창녀임을 확실히 증명해 봐라.
확실히 증거를 대 봐. 눈으로 볼 수 있는 증거를 내놔라.
(이아고를 붙잡고)
안 그러면 인간의 영원불멸의 영혼에 맹세코
끓어오르는 내 분노에 답하느니
넌 차라리 개로 태어났으면 더 좋았을 것이다.

이아고 이 지경이 되셨어요?

오셀로 내게 증거를 보여라. 아니면 적어도 의심할 만한
구석이나 틈새 하나 없는 확증을 대라.

입증을 못하면 네놈의 목숨은 비탄에 빠지리라.

이아고 고귀하신 장군님.

오셀로 네놈이 내 아내를 중상하고 날 고문한다면,
더 이상 기도는 멈추고 후회 따위는 모두 버려라.
악행의 꼭대기에 악행을 쌓아 올려
하늘이 울고 땅도 놀랄 행동을 해 봐라.
이보다 더 지독한 저주를
더할 수는 없을 테니까.

이아고 오, 은총이여! 하늘이여, 절 용서하소서!
장군님이 남자인가요? 영혼이나 지각이 있으신가요?
신이 함께하소서. 제 직위를 받으십시오. 오 정직함을
악으로 만들기 좋아하는 가련한 바보!
오, 끔찍한 세상이여! 조심해라, 조심해, 오, 세상이여.
솔직하고 정직하면 안전하지 않다.
이런 교훈을 알게 해 주셔서 고맙습니다.
사랑하면 이런 고통을 받게 되니
이제부터는 친구도 사랑하지 않으렵니다.

오셀로 아니, 기다려. 자넨 정직해야 해.

이아고 현명해져야겠죠. 정직하면 바보라서
위해 주던 대상을 잃고 마니까요.

오셀로 사실은

난 아내가 정숙하다고 생각하다가 아니라고 생각하며,
네가 옳다고 생각하다가도 아니라고 생각한다.
증거를 확보해야겠다. 디아나 여신의 얼굴처럼 깨끗했던
아내의 이름이 이제는 내 얼굴처럼 시커멓게
더러워졌어. 밧줄이나 칼, 독약이나 불 또는
숨통을 막는 격류가 있다면
난 가만히 있지 않겠다. 확실히 알 수만 있다면!

이아고 알겠어요. 장군님께선 격정에 완전히 사로잡혀 계십니다.
장군님을 그리로 몰아간 게 정말 후회스럽습니다.
확실히 알고 싶으신가요?

오셀로 알고 싶다고? 아니, 꼭 알아내겠어!

이아고 알아내실 수도 있지만 어떻게요? 어떻게 확인하죠?
장군님께서 구경꾼처럼 입을 쫙 벌리고 보실 건가요?
놈이 부인을 올라타고 있는 광경을요?

오셀로 저주받아 죽을 것들! 오!

이아고 제 생각에 두 사람에게 그런 광경을 보여 달라는 건
지극히 어려운 일입니다. 그들이 혼자가 아니라 둘이
나란히 베개를 베고 있는 모습이 눈에 띄면, 그땐 그들도
끝장을 내야죠. 그럼 뭘 하느냐고요? 어떻게 하느냐고요?
제가 뭐라 말씀을 드려야 하죠? 어디에서 확신을 구하죠?
그들이 염소처럼 혈기 왕성하고, 원숭이처럼 음탕하고,

발정한 늑대처럼 음란하고, 술 취한 무식한 놈처럼
우둔한 바보들이라 할지라도 그 현장을 보는 건
불가능하답니다. 하지만 말씀드리죠.
진실의 문으로 직접 인도하는 증거나 믿을 만한 정황으로
확신을 얻으시겠다면, 그건 가능합니다.

오셀로 그녀가 부정하다는 생생한 증거를 대라.

이아고 이런 일을 좋아하진 않습니다.
하지만 제가 이 사건에 너무 깊이 관여해 왔으니
어리석은 정직함과 사랑에 자극받아
계속하겠습니다. 최근 전 캐시오와 함께 잠을 잤는데
이빨 하나가 쑤셔서 잠을 잘 수가
없었어요. 사람들 중에는 경각심이 부족해
잠이 든 상태에서 자기 일을 중얼거리는
자들이 있습니다. 캐시오가 바로 그런 부류의 인간이지요.
저는 그가 잠자면서 "사랑하는 데스데모나,
우리 사랑이 들키지 않도록 서로 조심해요" 하는 말을
들었어요. 그런 다음 제 손을 움켜쥐고 쥐어짜며
"오 사랑스러운 것!" 하고 외친 후, 제 입술 위에서
자라난 키스를 뿌리째 뽑으려는 듯이
제게 힘차게 키스를 했습니다. 그다음에는
자기 다리를 제 허벅지 위에 올려놓고

한숨짓고 키스한 후. "저주받은 운명이여,
당신을 무어인에게 주다니!" 하고 소리쳤습니다.

오셀로 오, 끔찍해! 끔찍해!

이아고 아니에요. 이건 단지 그자의 꿈일 뿐입니다.

오셀로 하지만 이 꿈은 앞선 현실을 그대로 나타내는 증거다.

이아고 사실 그게 꿈이긴 하지만 강한 의심을 일으키며.
확실하지 않은 다른 증거를 구체화하는 데
도움을 줄 수는 있겠지요.

오셀로 그년을 갈기갈기 찢어 버리겠다!

이아고 아니에요. 아직은 현명하셔야 해요. 우린 아직 아무것도
보지 못했고, 부인도 아직은 정숙하실지 모르잖아요.
이것만 말씀해 주십시오. 때때로 부인의 딸기 무늬가 박힌
손수건을 부인의 손에서 보신 적이 있으세요?

오셀로 내가 아내에게 준 손수건인데. 내 첫 선물이었다.

이아고 그건 모릅니다만 부인의 손수건이라는 걸
확신했지만, 오늘 캐시오가 그런 손수건으로
수염을 닦는 걸 봤어요.

오셀로 만약 그게 그 손수건이라면.

이아고 그 손수건이든, 아니면 부인의 다른 물건이든
앞선 증거들과 함께 부인에게 불리하겠지요.

오셀로 오, 그 노예 놈의 목숨이 사만 개라면 좋겠다!

내가 복수하기에 목숨 하나로는 너무 부족하다.
이제야 그게 사실인 걸 알겠다. 이아고, 여기를 봐라,
내 모든 어리석은 사랑을 하늘로 날려 보낸다.
날아가 버렸어!
시커먼 복수여, 너의 텅 빈 지옥 구덩이에서 일어나라.
사랑이여, 너의 왕관과 마음의 왕좌를
포악한 증오심에게 넘겨라! 가슴이여, 독사의 혓바닥에서
나온 독으로 부풀어 올라라!

이아고 진정하십시오!

오셀로 오, 피다. 피. 피를! (무릎을 꿇는다)

이아고 참으십시오. 장군님의 마음이 변할 수도 있어요.

오셀로 이아고, 절대로 안 변해. 저 폰토스 해[24]의
차가운 물살이 힘차게 흘러 썰물처럼
물러나는 일 없이 정해진 항로를 따라
프로폰틱과 헬레스폰트[25]로 계속해서 나아가듯이,
내 잔인한 생각도 격렬한 속도로 나아가
크고 넓은 복수심이 그들을 삼켜 버릴 때까지
뒤돌아보지 않고 겸허한 사랑으로
물러나지 않을 것이다. 저기 대리석 같은 하늘에 대고

---

24) 흑해
25) 프로폰틱은 마라마라 바다를 가리키며, 헬레스폰트는 다르다넬 해협을 가리킨다.

신성한 맹세에 합당한 경건한 마음으로
여기서 내 언약을 맹세한다.

이아고 일어서지 마십시오. (무릎을 꿇는다)
하늘에서 영원히 불타오르는 별들과
우릴 에워싸고 있는 천지신명이여, 증인이 되어 주오.
이아고가 지혜와 손 그리고 마음을
배신당한 오셀로 장군님을 위해 이 자리에 내놓으니
증인이 되어 주오. 장군님께서 명령하시면,
어떤 잔인한 일이라도
복종이 내 의무가 될 것이니.

오셀로 자네의 충정을
공허한 감사 표시가 아니라, 진심으로 받아들이겠네.
그리고 당장 자네가 해야 할 일이 있어.
사흘 내로 캐시오가 죽었다는 소식을
내게 들려주게.

이아고 제 친구는 죽은 목숨입니다.
요청하신대로 하겠습니다만 부인은 살려 주시지요.

오셀로 저주받을 년, 음탕한 계집! 오, 저주하라. 저주하라!
자, 같이 헤어지자. 난 물러나서 이 아름다운 악마를
단숨에 죽일 수 있는 방법을 강구하겠다.
이제부터는 자네가 내 부관이다.

이아고 전 영원히 장군님의 부하입니다. (퇴장)

3막 4장

(데스데모나, 에밀리아, 광대 등장)

데스데모나 이보게, 캐시오 부관이 어디에 사시는지 아느냐?

광대 그가 어디에서 거짓말을 하는지[26] 감히 말씀드리지 못하죠.

데스데모나 아니, 왜 그러는데?

광대 그분은 군인인데, 제가 군인이 거짓말한다고 말하면 칼 맞을 일이지요.

데스데모나 농담 그만두고, 그분의 숙소가 어디지?

광대 그분이 어디 사는지 말씀드리는 것은 제가 어디에서 거짓말하는지를 말씀드리는 것과 같아요.

데스데모나 도대체 무슨 말이냐?

---

26) 원문에 'lie'라고 되어 있는데 '거처하다'와 '거짓말하다'라는 두 뜻을 나타낸다. 광대는 일부러 '거짓말하다'로 해석해 말장난을 하고 있다.

광대 그분이 어디 기거하는지 모르면서 제가 숙소를 하나 꾸며 낸 후 그분이 여기 산다, 저기 산다고 말씀드리는 건 제 입으로 거짓말을 만들어 내는 거죠.

데스데모나 그럼 그분의 거처를 사람들에게 물어봐서 알아낼 수 있겠니?

광대 그분을 위해 온 세상을 상대로 문답을 해 보겠어요. 즉 질문을 하고 그들의 답변을 듣는 거죠.

데스데모나 그분을 찾아 이리로 오시라고 해라. 내가 그분을 대신해 장군님의 마음을 움직였다고 그분께 말하고, 모든 게 잘되길 바란다고 말해 줘.

광대 이런 일은 인간의 지혜로 능히 할 수 있지요. 그러니 당장 시도해 보겠습니다. (퇴장)

데스데모나 에밀리아, 내가 그 손수건을 어디에서 잃어버렸을까?

에밀리아 전 모르겠는데요.

데스데모나 정말이지, 차라리 금화로 가득 찬 지갑을
잃었다면 좋을 텐데. 하지만 고귀한 무어 장군님은
마음이 진실 되고 질투심 많은 사람들처럼
천박한 성품을 지닌 분이 아니니까 아주 나쁜 생각을
하지는 않을 거야.

에밀리아 장군님은 질투하지 않으시나요?

데스데모나 누가? 그분이? 그분이 태어난 곳의 태양이
그런 기질을 모두 빨아들인 것 같아.

에밀리아 저기 오시네요.

(오셀로 등장)

데스데모나 캐시오를 부르실 때까지 그이 곁을 떠나지 않겠어.
여보, 기분이 어떠세요?

오셀로 좋소, (방백) 오, 꾸며 내려니 괴롭구나!
데스데모나, 당신은 어떻소?

데스데모나 저도 좋아요, 여보.

오셀로 당신 손 좀 주시오. 당신, 손이 축축하군.

데스데모나 아직 나이도 어리고, 슬픔도 모르는 손이에요.

오셀로 이건 다산과 너그러운 성품을 나타내는 거요.
뜨겁고, 뜨겁고 축축해.[27] 당신 손은 자유로부터
고립되어 단식과 기도가 필요하며
많은 채찍질과 고행을 해야 할 손이요.
이런 손에는 자칫 반란을 일으키는
젊고 혈기왕성한 악마가 있지. 이건 착하고,
관대한 손이오.

데스데모나 그렇게 말씀하실 수도 있어요.

---

27) 손이 뜨겁고 축축한 것은 '열정적이고 욕정이 강하다'는 것을 의미한다(*Arden* 243).

제 마음을 드린 건 바로 이 손이었으니까요.

오셀로 헤픈 손이군! 옛날에는 마음을 허락하고 손을 주었지만,
새로운 유행에 따르면 마음에도 없이 손만 내준다는데.

데스데모나 뭐라 말씀드려야 할지 모르겠어요. 자, 당신 약속은요.

오셀로 여보, 무슨 약속?

데스데모나 당신과 얘기하라고 사람을 보내 캐시오를 오라 했어요.

오셀로 콧물이 계속 나서 성가신데
당신 손수건을 좀 빌려줘요.

데스데모나 여기 있어요, 여보.

오셀로 내가 준 거 말이오.

데스데모나 그건 지금 제게 없어요.

오셀로 없다고?

데스데모나 네. 여보. 정말 없어요.

오셀로 그거 큰일이군. 그 손수건은
한 이집트인이 내 어머니께 준 건데.
그녀는 마법사여서 사람들의 생각을 거의
읽어 낼 수 있었지. 그녀가 말하길, 어머니가 그 손수건을
지니는 동안에는 어머니가 사랑스러워져서
아버지의 사랑을 독차지할 수 있지만, 손수건을 잃어버리거나
선물로 남에게 준다면 아버지의 두 눈은
어머니를 혐오하고 마음은 새로운 사랑을

찾을 것이라 했소. 어머니는 돌아가실 때 그걸 내게 주시며
내가 운명에 따라 결혼을 하면
아내에게 주라고 하셨소. 난 당신에게 줬으니 잘 챙기시오!
손수건을 당신의 소중한 눈처럼 애지중지하시오!
잃어버리거나 남에게 주면 어떤 것도
필적할 수 없는 파멸이 올 것이오.

데스데모나 그럴 수가 있나요?

오셀로 사실이오. 그 손수건 천에 마법이 들어 있지.
이 세상에서 태양이 이백 번이나 도는 동안
살아 있던 한 무녀가 강렬한 예언적 영감을 받아
손수건 천에 무늬를 수놓았소.
명주실을 뽑아낸 누에들도 신성했으며,
장인들이 처녀들의 심장을 달여 만든
미라 즙액으로 물들였다는구려.

데스데모나 정말, 그게 사실인가요?

오셀로 틀림없는 사실이니. 그걸 잘 간직하시오.

데스데모나 그럼 아예 그걸 보지 않았더라면 좋았을걸!

오셀로 하! 어째서 그런 말을?

데스데모나 왜 그리 서두르고 급하게 말씀하세요?

오셀로 잃었소? 없어졌소? 말해 봐. 잃어버렸단 말이오?

데스데모나 맙소사!

오셀로 뭐라고?

데스데모나 잃어버린 건 아니지만 만약 잃어버렸다면요?

오셀로 어떻게 잃어버렸지?

데스데모나 잃어버리진 않았다니까요.

오셀로 가져와서 내게 보여 주시오.

데스데모나 보여 드릴 순 있지만 지금은 안 하겠어요.
이건 제 부탁을 회피하려는 술책이에요.
제발 캐시오 부관님을 다시 받아들이세요.

오셀로 가서 손수건을 가져오시오. 마음이 불안하군.

데스데모나 자, 자, 어서요.
그분보다 더 능력 있는 사람을 만나진 못할 거예요.

오셀로 손수건을 내놔!

데스데모나 제발, 캐시오 얘기를 하세요.

오셀로 손수건!

데스데모나 그분은 당신의 사랑에
자신의 행운을 걸고 일생을 당신과
위험을 같이한 사람이에요.

오셀로 손수건!

데스데모나 정말이지. 당신 잘못이에요.

오셀로 제기랄! (퇴장)

에밀리아 저분이 질투심이 없다고요?

데스데모나 이런 모습은 전에 본 적이 없어.
분명히 그 손수건에 어떤 마력이 있나 봐.
그걸 잃어버렸으니 정말 속상해.

에밀리아 남자는 한두 해 보고는 알 수 없어요.
남자들은 모두 위장이고, 우리 여자들은 모두 음식이랍니다.
그들은 탐욕스럽게 우릴 삼키지만, 배가 부르면 우릴
뱉어 버리죠.

(이아고와 캐시오 등장)

보세요, 캐시오와 제 남편이 오네요.

이아고 다른 방법이 없어요. 부인이 해야만 돼요.
저기 계시네. 운이 좋네요! 가서 부탁해 보세요.

데스데모나 안녕하세요. 캐시오. 무슨 소식이라도 있나요?

캐시오 부인, 전에 드린 부탁 때문입니다. 간절히 바라건대
선하신 부인의 도움으로 제가 부관 직위를 되찾고
온 마음을 다해 제가 전적으로 존경하는
장군님의 사랑을 받는 일원이 되도록
해 주십시오. 더 늦출 수는 없습니다.
제가 지은 죄가 너무나 치명적이어서
과거의 공적이나 현재의 슬픔,

또는 앞으로 충성을 다하겠다는 결의로도
장군님의 사랑을 되돌릴 수 없다면
사실을 아는 것만으로도 도움이 될 것입니다.
그러면 전 억지로라도 만족한 기색을 띤 채
저 자신을 다른 길에 가둬 놓고 운명이 나눠 주는
은혜에 매달려 보겠습니다.

데스데모나 아, 참으로 점잖으신 캐시오.
지금은 제 변호가 잘 먹혀들지 않네요.
남편은 예전의 남편이 아니에요. 남편의 성품이
변한 것처럼 얼굴도 변한다면 전 그이를 못 알아보겠지요.
모든 거룩한 영혼은 저를 도와주소서.
제가 부관님을 위해 최선을 다해 말씀을 드렸는데
제 솔직한 발언 때문인지 그이의 비위가
상한 것 같아요. 잠시만 참고 계세요.
제가 할 수 있는 일은 할 것이고, 제 자신을 위해서
무릎쓰는 것보다 더 많이 해 보겠어요. 그걸로 만족해 주세요.

이아고 장군님께서 화나셨나요?

에밀리아 방금 여기서 나가셨는데,
분명히 이상하게도 동요된 모습이셨죠.

이아고 장군님도 화를 내실 수 있다고? 대포가 병사들을
공중으로 날리고 악마처럼 친동생을 자기 팔 안에서

날려 버리는 걸 봤을 때도 끄떡없던 분이 화를 내신다?
뭔가 중대한 문제가 있는 모양이군. 가서 만나 뵙겠어요.
그분이 화나셨다면 분명 심상찮은 문제가 있는 겁니다.

데스데모나 제발 그렇게 해 주세요. (이아고 퇴장) 분명히 무언가
나랏일일 테지. 베니스에서 소식이 왔거나 사이프러스에서
아직 밝혀지지 않은 음모가 발각되어서
그분의 맑은 정신을 흐려놓았어. 그런 경우에
남자들은 엄청난 일을 처리해야 하는데
사소한 일에 안달복달하지. 정말 그렇다니까.
우리도 손가락이 아프면 다른 건강한
부위들조차 아픔을 느끼잖아.
아니, 우린 남자들을 신이라고 생각해서는 안 되며
남자들에게 결혼 당시처럼 자상하게 대해 주기를
기대해서도 안 돼. 에밀리아, 모두 내 잘못이야.
난 서툰 전사라서 그분이 불친절하다고
마음 깊이 책망했어. 하지만 이제 보니
내가 그분에게 거짓 증언을 강요해서
그분은 죄 없이 비난을 받은 거야.

에밀리아 마님 생각대로
그건 나랏일이니 제발 마님과 관계된 추측이나
터무니없는 질투가 아니기를 빌어요.

데스데모나 아, 어쩜 좋아. 난 그럴 만한 원인 제공을 안 했는데.

에밀리아 하지만 질투하는 사람들에겐 그런 답이 소용없어요.
그만한 이유가 있어서 질투하는 게 아니라
질투심에 차 있으니까 질투하는 거예요.
질투는 스스로 생기고 태어나는 괴물이거든요.

데스데모나 하느님, 오셀로 마음에서 그 괴물을 멀리해 주소서!

에밀리아 저도요, 아멘.

데스데모나 가서 그이를 찾아보겠어요. 캐시오, 이 근처를 거닐고
계세요. 그이 기분이 괜찮으면, 당신 청을 다시 해 보고
일이 잘되도록 최선을 다해 보겠어요.

캐시오 진심으로 부인께 감사합니다.

(데스데모나와 에밀리아 퇴장)

(비앙카 등장)

비앙카 안녕, 캐시오.

캐시오 집에 있지 않고 무슨 일로 여길 온 거야?
내 예쁜 비앙카, 잘 있었어?
내 사랑, 사실은 당신 집으로 가던 중이었어.

비앙카 캐시오, 나도 당신 숙소로 가는 중이었어요.
어쩜, 일주일이나 오지 않아요? 칠일 낮과 밤을?

백육십팔 시간이나? 연인을 못 만나는 시계보다
백육십 배나 더 지겨운 시간을 말이에요!
계산하다가 지쳐 버릴 지경이라고요!

캐시오 비앙카, 용서해 줘,
그동안 납덩이처럼 무거운 생각에 짓눌려 있었는데,
이제 좀 더 적절한 때가 오면
못 만난 걸 보상해 줄게. 귀여운 비앙카,
(데스데모나의 손수건을 주면서)
이 수놓은 무늬를 본떠 줘.

비앙카 오, 캐시오, 이건 어디서 난 거죠?
새로 생긴 애인한테 받은 정표군요.
오지 않은 이유를 알겠어요.
이렇게 된 거군요? 좋아요, 좋아.

캐시오 그런 소린 하지도 마.
그런 더러운 추측은 악마 입속에 던져 버려.
거기서 나왔을 테니까. 당신은 지금 이게
다른 여자에게서 받은 정표인 줄 알고 질투하는데
절대 그렇지 않아, 비앙카.

비앙카 그럼, 누구 거죠?

캐시오 나도 몰라, 내 방에서 주웠거든.
무늬가 마음에 들어서 주인이 달라고 하기 전에

그렇게 되겠지만, 본을 떠 놓으려고.
가져가서 본을 떠 봐. 지금은 돌아가 줘.

비앙카 돌아가라고요? 왜요?

캐시오 난 여기서 장군님을 기다리고 있는데
내가 여자와 함께 있는 걸 그분이 보시면
내 위신에도 안 좋고, 원하는 바도 아니야.

비앙카 왜 그러는데요?

캐시오 널 사랑하지 않아서가 아니야.

비앙카 날 사랑하지 않기 때문이죠.
제발 날 조금만이라도 바래다주고
오늘 밤 당신을 만날 수 있는지 말해 줘요.

캐시오 조금만 바래다줄 수 있어.
여기에서 기다려야 하거든. 하지만 곧 만나러 갈게.

비앙카 좋아요. 상황에 맞춰 행동해야 하니까. (모두 퇴장)

4막 1장

(오셀로와 이아고 등장)

이아고 그렇게 생각하시겠죠?

오셀로 이아고, 그렇게 생각한다니?

이아고 이를테면
몰래 키스하는 건요?

오셀로 허용할 수 없는 키스지.

이아고 더러운 생각은 전혀 안 한 채 침대에서
남자친구와 벌거벗고 한 시간 이상 있는 건요?

오셀로 침대에서 벌거벗고 있는데 더러운 생각을 안 한다고?
그건 악마를 속이려는 위선이야.
깨끗한 마음을 지니고 그렇게 하려는 자들은
악마가 그들 미덕을 유혹하고, 하늘을 시험해 천벌을 받아.

이아고 아무 짓도 안 하면 용서받을 수 있는 실수죠.
하지만 제가 제 아내에게 손수건을 준다면 말이죠.

오셀로 그럼 어떻다는 거지?

이아고 그러면 제 아내 것이죠, 장군님. 아내 것이니까
그걸 어떤 남자에게든 줄 수도 있다고 생각해요.

오셀로 그녀는 자신의 정조도 지켜야 하는데
그걸 줘도 괜찮겠어?

이아고 정조란 눈에 보이지 않는 거예요.
정조가 없는 여자들이 대개 그걸 갖고 있지요.
하지만 손수건은.

오셀로 아, 그건 정말 기꺼이 잊어버리고 싶었는데!
자네가 말했지. 오, 전염병을 앓고 있는 집 위로
까마귀가 불행을 예고하며 날아오르듯 그 일이
내 기억 속에 떠올라. 그놈이 내 손수건을 갖고 있었다고.

이아고 예. 그게 어때서요?

오셀로 이젠 그다지 좋지 않아.

이아고 그자가 장군님께 나쁜 짓 하는 모습을 봤거나
나쁜 말을 하는 걸 들었다고 말씀을 드린들 그게 어때서요?
세상엔 자기가 성가시게 졸라서 손에 넣든
여자가 반해서 자발적으로 원해 손에 넣고
만족시켜 줬다고 떠들어 대지 않고는 못 참는

자들이 있으니까요.

오셀로 그놈이 무슨 말을 했단 말이지?

이아고 했습니다, 장군님. 하지만 그런 말 한 적 없다고
잡아뗄 수도 있는 걸 확실히 알아 두십시오.

오셀로 뭐라고 했지?

이아고 사실, 했답니다. 뭘 했는지는 모릅니다만 했다는군요.

오셀로 뭔데? 뭐?

이아고 잤답니다.

오셀로 내 아내와 같이?

이아고 같이 잤든 위에서 덮쳤든 좋을 대로 생각하세요.

오셀로 아내와 같이 잤다고? 아내 위에서 덮쳤다고? 남자들은 여자의 부정한 짓을 말할 때 같이 자지도 않고 덮쳤다고 말하지! 아내와 잤다니. 제기랄, 더러워! 손수건! 자백! 손수건! 자백을 시키고 수고한 대가로 교수형에 처해야 해. 아니 먼저 교수형에 처하고 나중에 자백을 받아야지! 치가 떨린다. 무언가 집히는 게 없다면 내 본성이 이처럼 암담한 격정에 휩싸일 리가 없지. 내가 이렇게 떨리는 건 말 때문이 아니야! 흥! 둘이 코와 코, 귀와 귀, 입술과 입술을. 그럴 수가 있는가? 자백해! 손수건! 오, 악마 같은 놈! (기절해서 쓰러진다)

이아고 계속 작용해라.
내 약아, 효력을 발휘해! 이렇게 쉽게 믿는 바보들이

걸려들고 훌륭하고 정숙한 수많은 여자도
이렇게 아무런 죄 없이 수치를 당하는 거야. 장군님!
장군님, 제 말 들으세요! 오셀로!

(캐시오 등장)

부관님, 웬일이신가요?

캐시오 무슨 일인가?

이아고 장군님께서 간질로 쓰러지셨습니다.
이번이 두 번째 발작인데 어제도 한 번 있었어요.

캐시오 관자놀이 주위를 문질러 보게.

이아고 아니요. 가만두십시오.
혼수상태에 있을 땐 조용히 놓아둬야만 합니다.
그렇지 않으면 입에 거품을 물지요. 그리고 곧
난폭하게 발광을 하거든요. 보세요. 움직이십니다.
잠시 동안만 물러나 계십시오.
장군님은 금방 회복하실 겁니다. 장군님이 나가신 다음
부관님과 중요한 문제를 의논하고 싶습니다.

(캐시오 퇴장)

장군님, 어떠세요? 머리는 안 다치셨어요?

오셀로 날 놀리는 건가?

이아고 장군님을 놀리다니요? 맹세코 아니에요!
장군님께서 남자답게 운명을 견디시길 바랍니다!

오셀로 이마에 뿔이 난 남자는 괴물이고 짐승이야.

이아고 사람 많은 도시에는 짐승이 많고,
점잖은 괴물도 많아요.

오셀로 그놈이 자백했나?

이아고 장군님, 남자다우셔야지요.
결혼의 멍에를 쓴 수염 난 남자들은 모두 장군님과
꼭 같이 수레를 끈다고 생각하십시오. 지금도 밤마다
자기 잠자리가 남의 자리인데도 자기 것이라고
단정하는 남자가 수백만 명이나 살고 있어요. 장군님은
나은 편입니다. 오, 안전한 잠자리에서 음탕한 여자에게
입 맞추면서 그녀를 순결하다고 상상하는 건 지옥의 저주이고
악마의 조롱입니다! 아니, 알려 주세요.
제 자신을 알았으니 그녀가 어떻게 될지도 압니다.

오셀로 오, 자네는 현명해. 확실히 그래.

이아고 잠시만 자리를 비켜 주십시오.
잠시만 인내심을 발휘하고 계십시오.
장군님께서 슬픔을 못 이기시고 쓰러지신 동안

(남자답지 않은 홍분이지만)
캐시오가 여기에 왔습니다. 제가 그자를 돌려보내며
장군님이 혼절하신 이유를 적당히 둘러댔습니다.
곧 다시 돌아와 여기서 저와 얘기를 하자고 했더니
그자도 약속했습니다. 장군님께선 몸을 숨기시고
그자의 얼굴 구석구석에 나타난 조롱과 조소,
숨길 수 없는 경멸의 표정을 살펴보십시오.
그자가 다시 그 이야기를 하게 만들겠습니다.
부인을 어디에서, 어떻게, 얼마나 자주, 얼마나 오래전에
만났으며 언제 다시 만날 건지 물어볼 테니
그자의 몸짓을 살펴보십시오. 저런, 참으십시오.
참지 않으시면 온통 격정에만 사로잡히시고
남자답지 못한 분이라고 말씀드려야겠습니다.

오셀로 이아고, 듣고 있나?
난 아주 교묘하게 참아 낼 건데,
듣고 있지? 아주 잔인해질 테니까.

이아고 그거야 괜찮지만
매사에 자제하셔야 합니다. 물러가 계시겠어요?

(오셀로 물러난다)

자, 이제 캐시오에게 비앙카 얘기를 물어봐야겠다.
자기 욕정을 팔아서 빵과 옷을 사는
계집인데 고것이 캐시오에게 완전히
빠져 있단 말이지. 많은 남자를 속이면서도
한 남자에게 속는 게 창녀가 겪는 고통이지.
캐시오가 그 여자 얘기를 들으면 터지는 웃음을
참을 수 없을 거야. 이리로 오는군.

(캐시오 등장)

캐시오가 웃으면 오셀로는 미쳐 버릴 거야.
오셀로가 무지한 질투심을 품었으니
불쌍한 캐시오의 웃음과 몸짓, 경박한 행동을
나쁘게만 해석할 게 분명해. 부관님, 기분이 어떠십니까?

캐시오 자네가 그렇게 부르니 기분이 더 나빠지는군.
부관 직책이 없으니 괴로워 죽을 지경이야.

이아고 데스데모나 부인에게 잘 조르면 확실하다니까요.
(작은 소리로) 이 부탁을 비앙카의 힘으로 해결할 수 있다면
아주 빨리 복직이 될 텐데!

캐시오 아, 불쌍한 계집!

오셀로 저걸 봐, 저놈이 벌써 웃는군.

이아고 남자를 그렇게 사랑하는 여자는 처음 봅니다.

캐시오 아, 불쌍한 것! 날 정말 사랑하는 것 같아.

오셀로 지금은 마지못해 부인하면서 웃어넘기고 있어.

이아고 부관님, 제 말을 좀 들으시겠어요?

오셀로 지금은 이아고가 얘기를 다시 해 달라고 조르는군. 계속해. 잘했어. 잘했어.

이아고 부관님이 자기와 결혼할 거라고 떠들고 다니던데 그럴 생각이신가요?

캐시오 하, 하, 하!

오셀로 의기양양하구나. 로마인처럼 의기양양하단 말이지?

캐시오 결혼한다고! 뭐. 창녀와 결혼한다니! 제발 내 판단력을 너그러이 이해해 주게. 내 판단력이 그렇게 병들었을 거란 생각을 하진 말기를. 하, 하, 하!

오셀로 그래, 그래, 그래, 그래. 이기는 놈이 웃는 법이지.

이아고 정말로 부관님이 결혼할 거라는 소문이 자자해요.

캐시오 제발, 사실을 말해!

이아고 거짓이면 제가 아주 나쁜 놈입니다.

오셀로 네놈이 날 능멸해? 좋아.

캐시오 그 원숭이 같은 계집이 혼자서 퍼뜨린 소문이야. 내가 자기와 결혼할 거라 확신하고 있는데, 자기 혼자 날 좋아하고선 우쭐해져서 그러는 거지, 내가 약속한 게 아니라고.

오셀로 이아고가 내게 손짓하는군. 이제 놈이 이야기를 시작해.

캐시오 그 계집이 방금 여기에 왔었지. 내가 어딜 가든지 따라다니거든. 며칠 전에는 해안가에서 어떤 베니스 사람들과 얘기를 나누고 있는데, 멍청한 계집이 거기까지 찾아와서는 이렇게 손으로 내 목을 껴안더라고.

오셀로 "오 사랑하는 캐시오!"라고 외쳤겠지. 놈의 몸짓을 보면 그런 뜻이야.

캐시오 그렇게 매달려서 축 늘어뜨린 채 우는 거야. 그렇게 날 끌어당기는 거야! 하, 하, 하!

오셀로 지금은 그녀가 저놈을 내 침실로 어떻게 끌어들였는지 말하는군. 오, 네놈의 코는 보이지만, 그걸 집어던져 줄 개는 안 보이네.

캐시오 어쨌든 그녀와 관계를 끊어야겠어.

이아고 맙소사! 보세요, 그 여자가 옵니다.

캐시오 정말 족제비 같으니라고. 저런, 향수 냄새가 지독하군. 어쩌자고 날 이렇게 쫓아다니는 거야?

비앙카 악마와 악마의 어미나 당신을 따라다니라 해요! 방금 전에 내게 준 그 손수건으로 뭘 어떻게 하라는 거죠? 그걸 받다니 나도 참 못난 바보야. 나보고 수놓은 무늬를 본떠 달라니! 손수건을 당신 방에서 발견했고, 누가 그걸 거기다 놓았는지도 모른다는 그럴듯한 이야기라니! 이건 분명 어떤 음탕한 계집이 준 정표인데 그걸 내가 본떠야 한다고요? 여기 있어요. 당신이 바람난 년에게 돌려줘요. 당신이 이걸 어디에서 받았는지는 몰라도 난 무늬 따위를 본뜨는 일은 하지 않겠어요.

캐시오 왜 그래. 어여쁜 내 비앙카! 왜 그래, 왜 그러지?

오셀로 맙소사, 저건 분명히 내 손수건이 틀림없어!

비앙카 오늘 밤에 저녁 먹으러 올 거면 와도 좋아요. 안 올 거면 다음에 준비될 때 오세요. (퇴장)

이아고 따라가세요, 따라가 보라니까요!

캐시오 정말 그래야겠어. 따라가지 않으면 거리에서 욕해 댈 테니.

이아고 거기서 저녁 식사를 하실 건가요?

캐시오 실은 그럴 생각이네.

이아고 그럼 부관님을 뵐 기회가 있겠군요. 꼭 말씀드리고 싶은 게 있어요.

캐시오 제발 와 주게. 올 거지?

이아고 그만 말씀하시고 어서 가세요. (캐시오 퇴장)

오셀로 이아고, 놈을 어떻게 죽이지?

이아고 그자가 악행을 저지르고도 웃는 것을 보셨지요?

오셀로 오, 이아고!

이아고 그 손수건도 보셨지요?

오셀로 그게 내 손수건이었나?

이아고 이 손에 맹세코, 장군님 것이었죠. 게다가 그자가 어리석은 여자인 장군님 부인을 어떻게 평가하는지도 보셨을 겁니다! 부인이 준 손수건을 그자는 자기 창녀에게 줘 버렸어요.

오셀로 그놈을 구 년에 걸쳐서 천천히 죽였으면. 훌륭한 여자, 아름다운 여자, 사랑스러운 여자!

이아고 아니요, 그런 건 잊으셔야 합니다.

오셀로 그래, 오늘 밤 그녀는 썩어 없어져 저주받게 만들리라. 살아남지 못할 것이야. 아니, 내 심장은 돌처럼 단단해져 심장을 내리치면 내 손이 상할 지경이야. 오, 세상에 더 사랑스러운 여자는 없어. 황제 옆에 누워 그에게 임무를 지휘할 수도 있는 여자인데.

이아고 아니요, 그건 장군님이 가실 길이 아니에요.

오셀로 목을 매달아라. 난 단지 그녀에 대해 있는 그대로 말할 뿐이야. 바느질 솜씨도 훌륭하고, 얼마나 놀라운 음악가인가. 오, 그녀가 노래하면 성난 곰도 유순해지지! 재치도 뛰어나고 상상력도 풍부하지!

이아고 그러니까 더욱 나쁜 여자라는 겁니다.

오셀로 오, 천 배나, 천 배나 더 나쁘지! 게다가 참으로 온화한 성품을 지니고 있지.

이아고 예, 지나치게 온화하죠.

오셀로 아니, 그건 확실해. 하지만 그게 너무나 애석해! 이아고. 오 이아고, 너무나 애석해. 이아고!

이아고 부인께서 부정을 저질러도 그렇게 좋으시다면 차라리 정식으로 부정을 저질러도 좋다는 허가증을 주시지요. 장군님만 괜찮으시다면, 아무도 상관하지 않을 테니까요.

오셀로 그년을 조각조각 토막 내 버리겠다. 날 오쟁이 지게 하다니!

이아고 오, 정말 더러운 짓이지요.

오셀로 내 부관하고!

이아고 그건 더 더럽고요.

오셀로 이아고, 오늘 밤 내게 독약을 가져와라. 그녀를 타이를 필요도 없어. 그녀의 몸과 아름다움에 내 마음이 다시 약해지면 안 되니까. 이아고, 오늘 밤이다.

이아고 독약을 사용하지 마시고 침대에서 목을 조르세요. 그녀가 더럽힌 바로 그 침대에서요.

오셀로 좋아, 좋아! 죄에 대한 정당한 처벌이라 만족스러워. 아주 좋아!

이아고 그리고 캐시오는 제가 처리하도록 해 주십시오. 자정쯤이면 자세한 소식을 듣게 되실 겁니다.

오셀로 아주 훌륭해. (안에서 나팔 소리가 울린다) 저건 무슨 나팔 소리지?

이아고 틀림없이 베니스에서 온 소식일 겁니다.

(로도비코, 데스데모나, 수행원들 등장)

저분은 공작께서 보내신 로도비코입니다.
보십시오. 부인도 함께 오시네요.

로도비코 훌륭하신 장군께 신의 가호가 있기를!

오셀로 진심으로 고맙소.

로도비코 공작님과 베니스의 의원들이 장군께 안부를 전하십니다.
(오셀로에게 편지를 준다)

오셀로 그분들의 뜻이 담긴 문서에 입을 맞추겠습니다.
(편지를 열어 읽는다)

데스데모나 로도비코 오라버니, 무슨 소식이죠?

이아고 나리, 만나 뵙게 되어서 대단히 기쁩니다.
사이프러스에 오신 걸 환영합니다.

로도비코 고맙소, 캐시오 부관은 어떻게 지내시오?

이아고 살아 계십니다.

데스데모나 오라버니, 그분과 제 남편 사이가 좋지 않게 틀어졌어요.
하지만 오라버니께서 잘 해결해 주시겠지요.

오셀로 당신은 그걸 확신하오?

데스데모나 여보?

오셀로 (읽는다) "장군은 이 일을 반드시 시행하시오. 귀하는—."

로도비코 장군이 부른 게 아니야. 편지를 읽느라 바쁘셔.
장군과 캐시오 사이에 불화가 있느냐?

데스데모나 참으로 불행한 일이에요. 전 캐시오 부관님을 아끼니까
두 분을 화해시키기 위해 무슨 일이든 하겠어요.

오셀로 이런, 빌어먹을!

데스데모나 여보?

오셀로 당신 제정신이오?

데스데모나 어머, 화나셨나?

로도비코 편지 때문에 화나신 거겠지.
내 생각에 캐시오를 총독 대리로 임명하고
장군은 본국으로 복귀하라는 명령 같거든.

데스데모나 정말 잘된 일이에요.

오셀로 정말 그렇겠지!

데스데모나 여보?

오셀로 당신이 미친 걸 보니 기쁘군.

데스데모나 사랑하는 오셀로, 왜 그래요?

오셀로 악마야! (그녀를 때린다)

데스데모나 전 이런 취급을 받을 잘못을 하지 않았어요.

로도비코 장군, 이 일은 제가 봤다고 맹세해도
베니스에선 아무도 믿지 않을 것이오. 너무 심했으니
부인을 달래 주시오. 울고 있잖아요.

오셀로 오, 악마, 악마야!
대지가 여자의 눈물로 출산을 할 수 있다면
그녀가 흘리는 눈물방울 하나하나가 악어가 될 것이오.
내 눈앞에서 꺼져!

데스데모나 기분이 상하시면 여기 있진 않겠어요.

로도비코 참으로 순종적인 부인이야.
제발 그녀를 다시 부르십시오.

오셀로 부인!

데스데모나 네, 여보?

오셀로 그녀에게 뭘 하시려고요?

로도비코 누가요, 제가요, 장군?

오셀로 그렇소. 그녀를 돌아오게 해 달라고 바라셨잖소.
그녀는 돌고, 돌다가 또 가다가 다시
돌 수도 있어요.[28] 그리고 울고 또 울 수도 있지요.
더구나 순종적이죠. 말씀하신 대로 순종적이죠.
매우 순종적이요—계속해서 눈물을 흘려 봐—.
편지 내용에 대해서는—오, 감정을 잘도 꾸며 댄다!—
귀국을 명받았소—저리 꺼져!
곧 사람을 부를 테니까— 명령에 복종해
베니스로 돌아가겠소—어서, 저리 꺼지라고!—.
(데스데모나 퇴장)
캐시오를 후임으로 정하겠소. 그리고 오늘 밤
저녁 식사는 저와 함께하시지요.
사이프러스에 오신 걸 환영하오. 염소, 원숭이들이로다! (퇴장)

---

28) 원문에서 'turn'은 '변덕스럽다' 또는 '침대에서 돌아눕다'는 뜻으로 쓰였다. 오셀로는 데스데모나가 창녀이며 로도비코는 그녀의 잠재 고객인 것처럼 대하는 대사다(*Arden* 270).

로도비코 이 고귀한 무어인이 우리 의원들 모두가 모든 면에서
유능하다고 한 자인가? 이 모습이 어떠한 격정에도
흔들릴 리 없다는 고귀한 천성이란 말인가?
그 견고한 미덕을 우발적인 탄환이나 우연한 창으로
긁거나 꿰뚫을 수 없다던 자란 말인가?

이아고 장군께서 많이 변하셨습니다.

로도비코 정신은 온전한가? 머리가 돈 게 아니오?

이아고 보시는 그대로입니다. 저분이 어떻게 되실지는
말씀드릴 수 없어요. 그대로가 아니라면,
그럴 수 있겠지만 제발 그대로였으면!

로도비코 아니! 아내를 때리다니!

이아고 정말로 그건 잘못된 일이었지만 이번 손찌검이
최악의 상황임을 아셨으면 해요.

로도비코 평소에도 그러는 거요?
아니면 편지 때문에 흥분해서
처음으로 이런 잘못을 저지른 것이오?

이아고 아, 슬픈 일입니다!
제가 보고 아는 바를 그대로 말씀드리는 건
제 정직함이 허락지 않습니다. 직접 장군을 관찰해 보시면
그분의 행동이 자신을 그대로 드러낼 테니
제가 말씀드리지 않아도 아시게 될 겁니다. 뒤따라가서

어떻게 행동하시는지 살펴보십시오.

로도비코 내가 사람을 잘못 보다니 유감이로군. (모두 퇴장)

4막 2장

(오셀로와 에밀리아 등장)

오셀로 그럼 아무것도 못 봤단 말이지?

에밀리아 듣지도 의심해 본 적도 없습니다.

오셀로 그래, 캐시오와 내 아내가 함께 있는 걸 봤단 말이지.

에밀리아 하지만 잘못된 행동을 하는 건 못 봤고,
두 분 사이에서 오가는 말은 모조리 들었어요.

오셀로 뭐라, 둘이 속삭이지 않았다고?

에밀리아 절대로 없었습니다, 장군님.

오셀로 자네를 밖으로 내보낸 적도 없고?

에밀리아 그런 일도 없었습니다.

오셀로 부채나 장갑, 마스크도 가져오라고 한 적이 없다고?

에밀리아 절대로 없었습니다. 장군님.

오셀로 그거 이상하군.

에밀리아 장군님, 부인께서 정숙하시다는 걸
제 영혼을 걸고라도 감히 보증합니다. 달리 생각하신다면,
그런 생각을 지워 버리세요. 장군님 마음만 상할 뿐입니다.
어떤 놈이 이런 생각을 장군님 머리에 넣었다면
하늘에서 그놈에게 독사의 저주를 내리기를.
부인께서 정숙하고, 순결하고, 진실하지 않으시면
행복한 남자는 하나도 없습니다. 가장 순결한 아내라도
욕설처럼 더러울 테니까요.

오셀로 그녀에게 이리 오라고 전해. 가 봐.

(에밀리아 퇴장)

말은 제법 잘하지만 저 여자는 순진한 뚜쟁이라
제대로 다 말할 리 없지. 간사한 창녀야.
자물쇠와 열쇠를 갖춘 흉악한 비밀의 옷장이지.
그래도 무릎 꿇고 기도하지. 난 그 모습을 본 적이 있어.

(데스데모나와 에밀리아 등장)

데스데모나 여보, 무슨 일이신가요?

오셀로 귀여운 것, 이리로 좀 오시오,

데스데모나 뭘 원하시는 거죠?

오셀로 당신 눈 좀 봅시다.

내 얼굴을 보시오.

데스데모나 무슨 끔찍한 상상을 하고 계세요?

오셀로 (에밀리아에게) 자네는 하던 일이나 해.

재미 볼 우리 둘만 남겨 두고 문이나 닫아.

누군가 오면 기침을 하든지 "에헴" 소리를 내라고.

자네 할 일 해야지[29], 일을! 아니, 어서 가 봐!

(에밀리아 퇴장)

데스데모나 무릎 꿇고 여쭙겠어요, 지금 말씀은 무슨 뜻이죠?

당신 말씀 속에 격노가 있는 건 알겠으나

무슨 뜻인지 모르겠어요.

오셀로 저런, 당신은 도대체 누구요?

데스데모나 여보, 당신 아내지요. 진실하고 정숙한 아내예요.

오셀로 그럼, 아내임을 맹세하고 스스로 저주를 받아라.

얼굴이 천사 같아서 악마들도 널 잡아가는 걸

두려워하면 안 되지. 그러니까 정숙하다고 맹세하고

29) 에밀리아의 뚜쟁이로서의 역할을 의미한다.

이중으로 저주를 받아라.

데스데모나 하늘은 진실을 알고 있어요.

오셀로 하늘도 네가 지옥처럼 부정하다는 사실을 알고 있지.

데스데모나 여보, 누구에게요? 누구와요? 제가 어떻게 부정해요?

오셀로 아, 데스데모나, 저리 가, 저리 가, 저리 가라고!

데스데모나 아, 슬픈 날이야. 어째서 우세요?
여보, 저 때문에 눈물을 흘리시나요?
혹시나 이번에 당신을 소환하는
장본인이 제 아버지라고 의심하시더라도
절 탓하진 마세요. 당신이 그분을 잃었다면
저도 아버지를 잃었으니까요.

오셀로 하늘이 고통으로
날 시험하는 걸 즐거워하고, 내 맨머리 위로
온갖 상처와 모욕을 쏟아붓고,
한 모금의 물도 마실 수 없는 가난 속에 날 처박고,
나와 내 마지막 희망을 포로로 꽁꽁 묶어 놓는다 해도,
난 내 영혼의 어디선가 한 방울의 인내심을
찾아냈을 것이다. 하지만, 슬프도다. 날 경멸하는 시간이
느리게 움직이는 손가락으로 손가락질하는 걸
나더러 고정된 시계판 숫자처럼 받으란 말이냐![30]

---

30) 오셀로는 자신을 고정된 시계판 숫자에 비유한다.

하지만 난 그것도 참을 수 있다. 아주 잘 참을 수 있지.
그러나 내 마음을 간직해 둔 곳,
내가 살거나 목숨을 버려야 할 곳,
내 생명수가 흘러나오거나 아니면
말라버릴 샘, 바로 거기서 내가 버려지다니!
또는 더러운 두꺼비들이 뒤엉켜 알을 까는
웅덩이가 되다니! 인내심이여, 장밋빛 입술의 어린 천사여,
거기서 네 얼굴빛을 바꾸어라.
그래, 지옥처럼 무시무시한 표정을 지어라!

데스데모나 고귀한 당신께서 절 정숙한 아내로 믿어 주시길 바라요.

오셀로 오, 그래. 알을 까자마자 바로 또 알에서 나오는
여름날 푸줏간 파리들처럼 정숙하지. 오 당신은 독초야.
너무나 사랑스럽고 아름다우며 달콤한 향기를 풍겨
내 코가 아플 지경이야. 넌 차라리 태어나지 않았으면
좋았을걸!

데스데모나 아, 제가 알지 못하는 무슨 죄를 저질렀나요?

오셀로 이 고운 종이, 이 아름다운 책은 그 위에 '창녀'라고
쓰기 위해 만든 것인가? 무슨 죄를 저질렀냐고![31]
죄를 저질렀냐고? 오, 넌 흔한 창녀일 뿐이야!

---

31) 원문에는 'committed'로 되어 있는데 엘리자베스 시대에 'commit'은 주로 '간통을 저지르다'라는 의미로 쓰였다(*Arden* 277).

네 행실을 말만 해도 내 뺨은 불타는
용광로처럼 달아올라 수치심도 태워 버려
재로 만들겠다. 무슨 죄를 저질렀냐고!
하늘은 코를 막고 달님은 눈을 감으며
만나는 모든 것에 입 맞추는 음탕한 바람도
대지의 텅 빈 동굴 속에서 숨죽이며
들으려 하지 않을 거다. 무슨 죄를 저질렀냐고!
뻔뻔스러운 매춘부야!

데스데모나 정말로 제게 잘못하시는 거예요.

오셀로 당신이 매춘부가 아니라고?

데스데모나 아니에요, 전 기독교인이니까요.
당신을 위해 더럽고 혐오스러운 불법 접촉으로부터
이 몸을 지키는 게 매춘부가 아니라면,
전 매춘부가 아니에요.

오셀로 뭐, 매춘부가 아니라고?

데스데모나 아니에요. 전 구원받을 테니까요.

오셀로 그럴 수 있을까?

데스데모나 오, 하느님 용서하소서!

오셀로 그럼 용서를 구해야겠소.
난 당신을 오셀로와 결혼한 베니스의 교활한
창녀인 줄 알았소. 이봐, 뚜쟁이!

(에밀리아 등장)

성 베드로와는 정반대로 일을 하면서
지옥문을 지키는 여자! 당신, 당신, 그래, 당신 말이야!
우리 볼일은 다 끝났어. 자네 수고비를 줄 테니
열쇠로 문 좀 열어 주고 우리 일은 비밀일세. (퇴장)

에밀리아 아, 이 어른이 무슨 생각을 하시는 거죠?
마님, 어떻게 된 거예요? 어떻게 된 거냐고요? 착한 아씨?

데스데모나 정말이지 반쯤 넋이 나간 것 같아.

에밀리아 마님, 주인님께 무슨 일이 생기신 거죠?

데스데모나 누구 말이야?

에밀리아 아, 주인님 말이에요, 마님.

데스데모나 누가 네 주인님이지?

에밀리아 마님의 남편 말이에요.

데스데모나 내겐 남편이 없어. 에밀리아, 나한테 말하지 마.
난 울 수도 없고, 대답을 하면 눈물이
쏟아질 것 같아. 부탁인데, 오늘 밤에는
침대에 결혼 때 썼던 이불을 깔아 줘. 잊지 마.
그리고 당신 남편을 여기로 불러줘.

에밀리아 정말로 변하셨네! (퇴장)

데스데모나 내가 이런 취급을 받는 건 당연해, 정말 당연해.

내가 어떻게 행동을 했기에 남편이 내 사소한 잘못을
트집 잡아 이리도 심하게 꾸짖으시는 걸까?

(에밀리아와 이아고 등장)

이아고 부인, 무슨 일이십니까? 무슨 일이 생기셨어요?
데스데모나 모르겠어요. 어린아이들을 가르치는 사람들은
부드러운 방식으로 편하게 타이르죠.
그이가 날 그렇게 꾸짖을 수 있었을 텐데. 사실은
꾸짖음에는 난 아직 어린애거든요.
이아고 부인, 무슨 일이신가요?
에밀리아 아아, 여보, 장군님께서 마님을 창녀라고 하시며
진실한 마음을 가진 사람이라면 도저히 참을 수 없는
모욕과 심한 말을 마님께 퍼부었어요.
데스데모나 이아고, 내가 그런 이름인가요?
이아고 부인, 어떤 이름이요?
데스데모나 에밀리아 말대로 그이가 내게 붙인 이름이요.
에밀리아 장군님은 마님을 창녀라고 불렀어요. 술 취한 거지도
자기 계집한테 그런 지독한 말을 하지는 못할걸요.
이아고 장군님이 왜 그러셨는데요?
데스데모나 모르겠어요. 난 분명 그런 여자가 아니에요.

이아고 울지 마세요, 울지 마세요. 아아, 이를 어쩌나!

에밀리아 마님께선 그토록 수많은 훌륭한 혼처와
아버지, 조국, 친구들을 버리셨는데
창녀 소리를 듣다니요? 누군들 울지 않을 수 있겠어요?

데스데모나 그건 불행한 내 운명이야.

이아고 장군님이 잘못하셨네요.
어쩌다 그런 어리석은 짓을 하셨을까요?

데스데모나 글쎄, 하늘만이 알겠죠.

에밀리아 어떤 저주받을 악당이, 간섭하기 좋아하며
교묘히 상황을 꿰뚫어 보는 놈이, 속이고 기만하는
사기꾼이 한 자리 얻으려고 이런 중상모략을 꾸며 낸 게
아니라면 내 목을 매달아요!

이아고 쳇, 그런 놈이 어디 있어. 그건 불가능해.

데스데모나 그런 사람이 있다면, 하늘이시여, 용서하소서.

에밀리아 그놈 목을 매달아 용서하고 지옥이 뼈를 갉아먹어라!
왜 마님을 창녀라고 부른데요? 누가 마님과 같이 있었나요?
어디서, 언제, 어떤 식으로 어떤 근거로 그랬다는 거죠?
장군님은 몹시도 악랄한 놈한테 속으셨어요.
천박하고 지독한 악당한테, 어떤 몹쓸 놈한테 말이죠.
오, 하느님, 그런 놈들을 밝혀내시고
정직한 사람들마다 손에 채찍을 들린 다음

그 악당 놈들을 벌거벗겨 동쪽에서 서쪽까지
채찍질해 주소서.

이아고 좀 작게 말해. 밖에서 듣겠어.

에밀리아 오 그런 놈들은! 그런 놈들은 당신의 분별력을
뒤집어 놓고 지저분한 면을 보게 해서
나와 장군 사이를 의심하게 만들었어요.

이아고 바보 같은 소리는 집어치워.

데스데모나 오, 선량한 이아고,
남편의 마음을 다시 얻으려면 어떻게 해야 하죠?
착한 친구여, 그분께 가 줘요. 이 태양에 맹세코,
그이를 어떻게 잃었는지 모르겠어요. 무릎 꿇고 맹세해요.
내가 생각으로나 실제 행동에서
내 의지로 그이의 사랑을 배신한 일이 있다면,
내 눈이나 귀 또는 어떤 감각이
다른 사람에게서 즐거움을 느꼈다면,
그이가 날 버리고 이혼해
거지 신세가 된다 해도, 언제나 그이를 사랑하고
과거에도 앞으로도 진심으로 사랑하지 않는다면
내게서 위안을 가져가 버려요! 매정함은 엄청난 일을 하죠.
그이의 매정함은 내 목숨을 앗아 갈 수도 있지만
내 사랑만큼은 더럽히지 못해요. "창녀"란 말은 할 수 없어요.

지금 그 말을 하니까 너무나 역겨워요.
세상의 온갖 사치품을 다 준다 해도
그런 이름을 얻을 행동은 하지 않겠어요.

이아고 제발 안심하세요. 그저 일시적인 기분 탓에 하신 말씀이죠.
나랏일 때문에 기분이 상하셔서
부인에게 괜히 시비 거신 겁니다.

데스데모나 다른 일이 아니라면.

이아고 틀림없이 그 문제입니다.

(나팔 소리)

저녁 식사를 알리는 소리가 나팔 소리가 들립니다.
베니스의 전령들이 식사를 기다립니다.
들어가세요, 울지 마시고요. 다 잘될 겁니다.

(데스데모나와 에밀리아 퇴장)

(로더리고 등장)

로더리고, 어쩐 일이야?

로더리고 자넨 날 정당하게 대우하지 않고 있어.

이아고 무슨 말도 안 되는 말인가?

로더리고 자넨 매일 교묘히 수를 써서 나를 피하고 있어. 이아고, 내게 조금이라도 희망을 주기보다는 오히려 일을 성사시킬 기회를 빼앗아 가는 것처럼 보인단 말이야. 이제 정말 더 이상은 참지 않겠네. 또한 내가 지금까지 바보처럼 당하기만 한 일들을 조용히 입 다물고 있을 생각도 없어.

이아고 로더리고, 내 말 좀 들어 보겠나?

로더리고 정말이지, 지금까지도 너무 많이 들었어. 자넨 말과 행동이 전혀 일치하지 않거든.

이아고 자네 비난은 정말 부당하다고.

로더리고 틀림없는 사실이야. 난 내 재산을 모두 써 버렸어. 데스데모나에게 전달해 주겠다고 자네가 내게서 가져간 보석들이면 수녀가 되겠다고 맹세한 사람도 반쯤은 타락시켰을 것이야. 자넨 데스데모나가 그 보석들을 받았고, 바로 내게 호감을 보이며 보답에 대한 기대와 격려를 보여 줄 것이라고 말했지. 하지만 난 아무것도 받질 못하고 있잖아.

이아고 좋아. 좀 가만히 있어. 아주 좋아.

로더리고 아주 좋다니, 가만있으라니! 이봐, 난 가만히 있을 수도 없고 아주 좋지도 않다고. 정말이지, 이건 아주 치사한 짓이라 생각하네. 그리고 내가 속았다는 사실을 깨닫기 시작했어.

이아고 아주 좋아.

로더리고 분명히 말하는데 이건 아주 좋지 않다니까! 데스데모나에게 직접 내 정체를 알리겠어. 그녀가 내 보석들을 돌려주면 난 구애를 포기하고 이 불법적인 구애를 뉘우칠 거야. 돌려주지 않는다면 내 기어코 자네에게 배상을 요구할 테니 각오하게.

이아고 이제야 하고 싶은 말을 다 하는군.

로더리고 그래, 난 단지 실행할 의도가 있다는 사실을 말했을 뿐이라고.

이아고 아니, 이제 보니 자네에게도 용기가 있다는 사실을 알겠네. 그래서 지금 이 순간부터 난 당신을 이전 그 어느 때보다 더 높게 평가하겠어. 우리 악수합시다, 로더리고. 자네는 내게 참으로 정당한 비난을 하고 있네만, 난 자네 문제를 매우 올바르게 처리했다고 생각하네.

로더리고 지금까진 그렇게 보이지 않았는데.

이아고 그렇게 보이지 않았다는 건 인정하지. 그러니까 자네의 의심에 합리성과 판단력이 없는 건 아니라네. 하지만 로더리고, 자네의 내면에 정말 그 어느 때보다 지금 가졌다고 믿을 만한 이유가 있다면, 다시 말해 목표, 용기, 용맹함을 지녔다면 오늘 밤 그걸 보여 주게. 내일 밤 자네가 데스데모나를 즐기지 못한다면 배신을 해서라도 날 세상에서 끌어내어 내 목숨을 빼앗을 계략을 꾸미게.

로더리고 좋아, 그게 뭐지? 이치에 어긋나지 않고도 가능한 일인가?

이아고 베니스에서 특명이 내려왔는데, 오셀로의 자리에 캐시오를 임명하라는 명이네.

로더리고 그게 사실인가? 이런, 그럼 오셀로와 데스데모나는 다시 베니스로 돌아가겠군.

이아고 오, 아니지. 오셀로는 모리타니아[32]로 가게 되고, 아름다운 데스데모나를 함께 데리고 간다네. 어떤 사건이 발생해서 체류가 길어지지 않는다면 말이지. 그렇게 되려면 캐시오를 제거하는 것만큼 결정적인 사건은 있을 수 없지.

로더리고 그를 제거하다니 무슨 뜻인가?

이아고 그야, 캐시오가 오셀로의 자리를 차지하지 못하도록 만드는 거야. 그자의 골통을 박살 내서 말이야.

로더리고 자네, 나보고 그 짓을 하란 말이지!

이아고 맞아. 자네가 이득을 얻으며 정당한 권리를 행사할 생각이 있다면 말이지. 오늘 밤 그자는 한 창녀와 저녁 식사를 같이할 건데, 나도 그자를 만나러 거기에 갈 것이네. 그자는 자신의 명예로운 행운을 아직 모른다네. 자네는 거기서 떠나는 걸 지켜보며 (내가 밤 열두 시에서 한 시 사이에 나오도록 조치할 테니까) 그자를 마음대로 처리할 수 있어. 나도 가까이 있다가 도울 테니 우리 둘이 놈을 쓰러뜨리는 거야. 놀라서 서 있지만 말고, 나와 함께 가게. 놈이 죽을 필요가 있는 이유를 설명하면 자네도 놈을 죽일 수밖에 없다는 생각을 할 걸세. 지금이 한창 저녁 식사를 할 때라네. 밤이 헛되이 지나고 있으니, 어서 시작하자고.

---

32) 북아프리카에 있는 무어인들의 본고장을 의미한다(*Arden* 287).

로더리고 좀 더 이유를 들어 봐야겠어.

이아고 이유를 들으면 만족할 거네. (모두 퇴장)

4막 3장

(오셀로, 로도비코, 데스데모나, 에밀리아, 수행원들 등장)

로도비코 장군, 제발 더 이상 신경 쓰지 마세요.

오셀로 오, 아닙니다. 전 산책을 하는 게 좋겠어요.

로도비코 부인, 안녕히 주무시게. 정말 고맙소.

데스데모나 천만에요.

오셀로 그럼 좀 걸으실까요?
오, 데스데모나!

데스데모나 네, 여보?

오셀로 지금 당장
잠자리에 드시오. 금방 돌아오겠소.
시녀는 내보내고. 꼭 그렇게 하시오.

데스데모나 그렇게 하겠어요, 여보.

(오셀로, 로도비코, 수행원들 퇴장)

에밀리아 어쩐 일이래요? 장군님께서 전보다 더 부드러워지신 것 같은데요.

데스데모나 그이가 금방 돌아온다고 하시며
나보고 잠자리에 들라고 명하셨어.
자네를 내보내라고 하셨지.

에밀리아 저를 내보내라고요?

데스데모나 그분의 명령이었어. 그러니 착한 에밀리아,
내 잠옷을 가져다주고 그만 나가 봐.
지금 그이를 불쾌하게 해선 안 돼.

에밀리아 아, 부인께서 장군님을 아예 몰랐다면 좋았을걸!

데스데모나 난 아니야. 내 사랑은 그이를 아주 좋게 봐서
쌀쌀맞게 대하고 꾸중을 하거나 기분 나쁜 표정을 지어도
—내 머리핀 좀 빼 줘—매력적이고 멋있어.

에밀리아 말씀하신 이불을 침대 위에 깔아 놓았어요.

데스데모나 상관없어. 정말이지, 마음이란 얼마나 어리석은지!
내가 너보다 먼저 죽는다면 제발 저 이불로
내 몸을 감싸 줘.

에밀리아 저런, 저런, 괜한 말씀하시네요.

데스데모나 어머니께 바바리라는 하녀가 있었어.

그 애는 사랑에 빠져 있었는데, 사랑하던 남자가 미쳐서
그 애를 버렸지. 그 애는 '버들' 노래를 알고 있었어.
오래된 노래였지만, 그 노래는 그 애의 운명을 말해 주었고
그 노래를 부르며 죽었어. 오늘 밤 그 노래가
내 마음속에서 떠나질 않아.
나도 머리를 한쪽으로 숙인 채 불쌍한 바바리처럼
그 노래를 부르고 싶어. 좀 서둘러 줘.

에밀리아 잠옷을 가져다 드릴까요?

데스데모나 아니야, 여기 핀을 빼 줘.

에밀리아 로도비코 그분은 훌륭하신 분이세요. 아주 미남이시고요.

데스데모나 말솜씨도 좋으시지.

에밀리아 그분 아랫입술에 입 맞추기 위해서 맨발로 팔레스타인까지 걸어 가겠다는 베니스 아가씨를 제가 아는걸요.

데스데모나 (노래한다)

가련한 처녀는 무화과나무 옆에 앉아 한숨을 쉬며
온통 푸르른 버들을 노래하네.
손은 가슴에 얹고, 무릎에 머리를 기대고
버들[33]아, 버들아, 버들아 노래하네.
맑은 시냇물이 그녀 옆을 흐르며 그녀 신음을 중얼대네.

---

33) 버드나무는 버림받은 사랑, 실연으로 인한 슬픔을 상징한다(*Arden* 291).

버들아, 버들아, 버들아 노래하네.
그녀 눈에서 떨어지는 서글픈 눈물이 바위를 녹였네.
버들아, 버들아, 버들아 노래하네.
(말한다) 이것들을 좀 치워 줘.
(노래한다) 버들아, 버들아,
(말한다) 어서 가. 그이가 곧 오실 거야.
(노래한다) 화관을 만들 푸르른 버들을 노래하네.
그분을 비난하지 마. 그분이 멸시하는 건 내 탓이니까.
(말한다) 아니, 다음 구절은 그게 아니야. 쉿, 누가 두드리지?

에밀리아 바람 소리예요.

데스데모나 (노래한다)
연인의 사랑을 거짓이라 했더니 그이가 그때 뭐라고 말했지?
버들아, 버들아, 버들아 노래하네.
내가 여러 여자에게 구애하면 당신도 여러 남자와 동침할 거라네.
(말한다) 이제 그만 가 봐, 잘 자. 눈이 가려워.
눈물을 흘릴 징조일까?

에밀리아 양쪽 눈 다 괜찮아요.

데스데모나 그렇다는 걸 들었는데. 오, 남자들, 남자들이란!
에밀리아, 말해 봐. 그렇게 추잡한 방법으로 남편을 속이는
여자들이 정말 있다고 생각해?

에밀리아 분명 그런 여자들이 있지요.

데스데모나 자네라면 온 세상을 다 준 대도 그런 짓을 하겠어?

에밀리아 그럼, 마님은 안 하시겠어요?

데스데모나 달빛에 맹세코 안 할 거야!

에밀리아 저도 달빛 아래에선 맹세코 안 해요.
어둠 속에서는 할 수 있겠지만.

데스데모나 온 세상을 다 준다면 그런 짓을 하겠어?

에밀리아 세상은 거대하잖아요. 작은 죄의 대가로는
엄청난 보상이죠.

데스데모나 정말 자넨 그렇게 하지 않을 거라 생각해.

에밀리아 사실은 전 그렇게 할 거라고 생각해요. 그리고 일을 끝낸 다음에 없었던 일로 하면 되죠. 정말, 싸구려 반지 따위를 받으려고 그런 짓을 하진 않을 거고, 비단 몇 필, 겉옷이나 속옷, 모자 또는 사소한 선물 따위를 준 대도 하지 않겠어요. 하지만 온 세상이라니요? 맙소사; 자기 남편을 왕으로 만들기 위해서 남편을 오쟁이 지게 하지 않을 여자가 누군가요? 온 세상을 얻을 수 있다면 전 과감히 연옥에라도 뛰어들겠어요.

데스데모나 제가 온 세상을 바라며 그런 짓을 저지르면,
제게 저주를 내리소서!

에밀리아 저런, 나쁜 짓도 단지 세상 안에서 저지른 일인데요. 수고한 대가로 이 세상을 갖게 된다면, 그건 마님이 가진 세상 안에서 저지른 나쁜 짓이니까 재빨리 바로잡을 수 있지요.

데스데모나 난 그런 여자가 있을 리 없다고 생각하는데.

에밀리아 얼마든지 있지요, 그들이 즐기고 얻은 이 세상을
가득 채우고도 남을 만큼 많지요.
하지만 아내가 부정을 저지르면, 전 그게 남편 잘못이라고
생각해요. 남자들이 남편 구실을 소홀히 하고
아내에게 줘야 할 보물을 다른 여자 무릎에 쏟거나
말도 안 되는 질투심을 터트려서
우리를 구속하거나 때린다든지
악의를 품고 우리에게 인색하게 군다고 해 보세요.
흠, 우리도 화가 나지요. 우리에겐 어느 정도 미덕이 있지만
어느 정도 복수심도 있단 말이죠. 남편들도 자기 아내들이
자기들과 똑같은 감각이 있다는 걸 알아야 해요. 남편들처럼
아내들도 보고 냄새 맡고 단맛과 신맛을 다 맛볼 수 있는
미각이 있다는 사실을요. 남편들이 우리를 다른 여자들과
바꿔쳐서 무슨 짓을 하나요? 재미 보는 건가요?
그렇겠죠. 욕정 때문에 그러는 걸까요?
그렇겠죠. 나약해서 그런 실수를 저지르나요?
그렇기도 해요. 그럼 우리라고 욕정이 없나요?
놀고 싶은 욕망이 없나요? 남자들처럼 나약하지 않은가요?
그러니까 남편들이 우리에게 잘해야죠. 잘하지 않으면
우리가 저지른 나쁜 짓은 남편들이 우리에게 가르친 짓이란

사실을 남편들도 알아야 해요.

데스데모나 잘 자요. 잘 자. 하느님, 나쁜 짓을 보고 배우게 하지 마시고 나쁜 짓을 보고 고칠 수 있도록 해 주소서! (모두 퇴장)

5막 1장

(이아고와 로더리고 등장)

이아고 여기, 이 좌판 뒤에 서 있게. 그자가 금방 올 거야.
칼을 빼 들고 있다가 푹 찔러 버려.
빨리, 빨리. 겁낼 거 없네. 내가 옆에 있을 테니.
우리가 성공하느냐 망하느냐가 달렸다 생각하고
결심을 굳게 다지게.

로더리고 바로 가까이 있게. 내가 실패할지도 모르니까.

이아고 여기 바로 옆에 있을게. 대담하게 자리 지키고 있어.
(물러선다.)

로더리고 이 일을 대단히 하고 싶은 열정은 없지만
저 친구가 만족할 만한 이유를 말해 줬지.
단지 사람 하나 가는 거야. 칼아, 나와라. 놈은 죽는다.

이아고 저 어린 여드름쟁이 놈을 문질러서 신경을 건드렸더니
잔뜩 화가 났구나. 이제 저 녀석이 캐시오를 죽이든
캐시오가 녀석을 죽이든 아니면 각자 서로를 죽이든
모두 내게 이득이야. 로더리고가 살면
데스데모나에게 줄 선물이라고 속여서 받은
많은 금과 보석을 보상하라고 요구하겠지.
그렇게는 안 되지. 캐시오가 살아남으면
그자는 평소 태도가 호감을 주고 있으니
내 꼴은 추해진다. 게다가 무어 놈이 그자에게
내 정체를 폭로할 수도 있어. 그럼 내가 아주 위태로워져.
안 돼. 그잔 죽어야 해. 그래야지! 그자가 오는 소리가 들린다.

(캐시오 등장)

로더리고 발걸음 소리를 알아, 그자가 분명해. 나쁜 놈, 죽어라!
(캐시오를 찌른다)

캐시오 날 찌른 걸 보니 내 적의 공격이 분명해.
하지만 내 옷은 네 생각보다 더 튼튼하지.
네놈 옷도 한 번 시험해 봐야겠다.

(로더리고를 찌르고, 상처를 입힌다)

로더리고 오, 나 죽는다!

(이아고가 뒤에서 캐시오의 다리에 상처를 입히고 퇴장한다)

캐시오 이제 영원히 불구가 되는구나! 살려 주시오! 살인이오, 살인!

(오셀로 등장)

오셀로 캐시오 목소리다. 이아고가 약속을 지켰군.

로더리고 오, 내가 나쁜 놈이야!

오셀로 당연하지.[34]

캐시오 오, 도와주시오! 횃불을 밝히시오! 의사를 불러 주시오!

오셀로 그놈이다, 오, 용감한 이아고, 진실 되고 정의로운 자야.
친구가 당한 모욕을 저렇게 고귀하게 느끼다니!
그대가 날 가르쳐 주는구나. 막돼먹은 것, 네 애인은 죽었고
네 저주받은 운명도 서두른다. 매춘부야, 내가 간다.
매혹적인 네 눈은 내 가슴에서 없어지고
욕정으로 얼룩진 네 침대는 욕정의 피로 물들 것이다. (퇴장)

34) 오셀로는 장면을 보지 못하고 듣고만 있기 때문에 로더리고를 캐시오라고 착각한다(*Arden* 298).

(로도비코와 그라시아노 등장)

캐시오 여보시오! 경비도 통행인도 없소? 살인이야, 살인!

그라시아노 뭔가 사고가 생겼나 보오. 너무나 끔찍한 목소리인데.

캐시오 오, 살려 주시오!

로도비코 들어 보세요!

로더리고 오, 비참한 악당!

로도비코 두세 명이 신음하는군. 깜깜한 밤이라
이건 속임수일지도 모릅니다. 다른 도움 없이
소리치는 데로 가는 건 안전하지 않습니다.

로더리고 아무도 오지 않는가? 그럼 피를 흘리다 죽겠구나.

(이아고가 횃불을 들고 등장)

로도비코 들어 보세요!

그라시아노 누가 잠옷 바람으로 횃불과 무기를 들고 오는군.

이아고 거기 누구요? 살인이라고 외치는 자는 누구요?

로도비코 모르겠소.

이아고 외치는 소리를 못 들었소?

캐시오 여기요, 여기! 제발 날 살려 주시오!

이아고 무슨 일이오?

그라시아노 내가 보기엔 이 사람은 오셀로 장군의 기수로군.

로도비코 정말 그렇군요. 아주 용감한 친구입니다.

이아고 그렇게 애처롭게 외치는 당신은 누구요?

캐시오 이아고? 오, 악당들에게 당해서 죽게 생겼어.
날 도와주게.

이아고 오, 부관님! 어떤 놈들이 이런 짓을 했습니까?

캐시오 놈들 중 하나가 이 근처에 있을 거야.
도망갈 수 없을 테니.

이아고 오, 위험천만한 놈들이야!
거기 누구요? 와서 좀 도와주시오.

로더리고 오, 여기 나 좀 도와주시오!

캐시오 저놈이 바로 그 악당들 중 하나야.

이아고 오, 살인마! 오 악당!

(로더리고를 찌른다.)

로더리고 오, 저주받은 이아고! 오, 잔혹한 개자식!

이아고 어두운 데서 사람들을 죽여? 잔인한 도둑놈들 어디 있어?
이 도시는 어쩜 이리도 조용할 수가! 여기요, 살인이오, 살인!
당신들은 누구요? 선한 편이오, 악한 편이오?

로도비코 우리를 알아볼 테니 누구인지 말해 보시오.

이아고 로도비코 님?

로도비코 그렇다.

이아고 죄송합니다. 여기 캐시오 부관이 악당들한테 당했습니다.

그라시아노 캐시오가?

이아고 부관님, 좀 어떻습니까?

캐시오 다리가 두 동강이 나 버렸어.

이아고 저런, 하느님 맙소사!
나리, 여기 불 좀 비춰 주세요. 제 셔츠로 다리를 싸매겠어요.

(비앙카 등장)

비앙카 아니, 무슨 일인가요? 소리친 사람이 누구예요?

이아고 소리친 사람이 누구냐고?

비앙카 오, 내 사랑 캐시오!
사랑하는 캐시오! 오 캐시오, 캐시오, 캐시오!

이아고 오, 소문난 매춘부로군! 부관님, 누가 부관님을 이렇게
난도질했는지 짐작이 가십니까?

캐시오 모르겠네.

그라시아노 이런 모습을 보니 정말 유감이오.
난 부관을 찾던 중이었소.

이아고 양말대님 하나 빌려주십시오. 됐어요. 오, 들것이 있으면

여기서 부관님을 쉽게 옮길 수 있을 텐데!
비앙카 어머나, 기절했어요! 오, 캐시오, 캐시오, 캐시오!
이아고 어르신들, 전 이 쓰레기 같은 여자가
이 일에 관여한 일당 중 한 명이 아닌지 의심이 듭니다.
부관님, 잠시만 참으십시오. 자, 자,
횃불 좀 비춰 주십시오. 우리가 아는 얼굴인가, 아닌가?
아이고, 내 친구, 내 고향 사람
로더리고? 아니. 맞아, 틀림없어! 오 하느님, 로더리고!
그라시아노 뭐라고! 베니스 사람이라고?
이아고 그렇습니다. 이자를 아시나요?
그라시아노 아느냐고? 물론이지.
이아고 그라시아노 님이세요? 제발 용서해 주십시오.
이 잔혹한 사건 때문에 나리를 몰라 뵌 제 무례함을
용서해 주십시오.
그라시아노 자넬 보니 반갑네.
이아고 부관님, 어떠십니까? 오, 들것, 들것을 가져와!
그라시아노 로더리고!
이아고 맞습니다. 바로 그 사람입니다. (수행원들이 들것을 가지고 온다)
오, 그래, 잘됐어, 들것이 왔군!
몇 사람이 부관님을 조심스럽게 실어 가시오.
난 가서 장군님의 의사를 모셔 오겠어요.

(비앙카에게) 아가씨, 당신은 수고할 필요 없어.
부관님, 여기 죽어 누워 있는 자는 제 친한 친구였지요.
두 사람 사이에 무슨 원한이 있었나요?

캐시오 전혀 없었네. 난 알지도 못하는 사람이야.

이아고 (비앙카에게) 아니, 얼굴이 창백한데? 부관님은 바람 쐬면
안 돼요! 어르신들, 잠시 기다리세요. 창백해 보이네, 아가씨?
저 여자의 겁먹은 눈빛을 보셨습니까?
아니, 그렇게 노려봐도 곧 자백하게 되겠지.
저 여자를 잘 보십시오. 제발 찬찬히 살펴보십시오.
어르신들, 보이십니까? 아니, 혀를 쓰지 않아도
죄는 스스로 말을 하는 법이지요.

(에밀리아 등장)

에밀리아 어머나, 무슨 일이에요?
여보, 무슨 일이죠?

이아고 캐시오 부관이 여기 어두운 데서
로더리고와 달아난 패거리 놈들에게 습격을 당했어.
부관은 거의 죽을 뻔했고, 로더리고는 죽었어.

에밀리아 아아, 그 착하신 신사분이! 아이고, 캐시오 부관님!

이아고 매춘부와 놀아난 결과지. 에밀리아, 부탁인데

가서 부관이 어디에서 저녁 식사를 했는지 알아봐 줘.
뭐야, 그 말 듣고 몸을 떨어?

비앙카 내 집에서 식사했지만 그래서 떠는 건 아니에요.

이아고 오, 네 집에서 식사를 하셨다? 나와 함께 가야겠어.

에밀리아 오, 기쁜 나빠. 매춘부 년!

비앙카 난 매춘부가 아니에요.
날 이렇게 욕하는 당신만큼이나 정숙하게
살고 있다고요.

에밀리아 나만큼? 쳇! 기분 나빠!

이아고 선량하신 나리들, 불쌍한 캐시오가 치료받는 걸
보러 갑시다. 자, 아가씨. 이야기를 더 해야 하니 따라와.
에밀리아, 요새로 달려가서
장군님과 부인께 무슨 일이 일어났는지 전해 드려.
앞장 서 주시겠어요? (방백) 오늘 밤이야말로 내가
성공할지 아니면 완전히 파멸할지 결정되는 밤이다. (모두 퇴장)

5막 2장

(오셀로가 촛불을 들고 등장. 데스데모나는 침대에 있다)

오셀로 그게 이유야. 그게 이유야. 내 영혼아.
순결한 별들아, 너희에게 말하진 않겠다.
그게 이유야. 하지만 난 그녀 피를 흘리거나
눈보다 더 희고 묘지의 설화 석고처럼 더 매끄러운
그녀 살갗에 상처를 내지는 않으리라.
하지만 그녀는 죽어야 해. 더 많은 남자를 배신할 테니까.
이 불을 끄고 나서 다음에는 저 불[35]을 끄자!
타오르는 불꽃아, 내가 너를 꺼 버려도
마음이 바뀌면 다시 네 빛을
되살릴 수 있다. 하지만 일단 너의 빛을,

35) 데스데모나의 생명을 의미한다.

자연이 만든 탁월한 걸작인 너를 꺼 버리면
꺼진 네 빛을 되살릴 수 있는 프로메테우스의 불이
어디에 있는지 난 모른다. 내가 장미를 꺾으면
장미가 다시 살아서 자라게 할 수 없을 테니,
시들 수밖에 없지. 나무에 매달려 있을 때 향기를 맡겠다.

(그너에게 키스한다)

오, 향기로운 숨결, 정의의 여신마저도 설득당해
자기 칼을 부러뜨리지 않을 수 없겠다! 한 번 더, 한 번만 더.
죽어서도 이대로 있어 다오. 난 너를 죽이고 난 후에
사랑하리라. 한 번만 더, 이번이 마지막이다.

(그가 향기를 맡고 키스한다)

이토록 치명적인 향기가 또 있을까. 눈물을 흘려야 하는데
내 눈물은 잔인하다. 이 슬픔은 하늘의 것이니
사랑하기 때문에 내리치는 벌이로구나. 잠이 깨는구나.

데스데모나 누구세요? 오셀로?

오셀로 그렇소, 데스데모나.

데스데모나 여보, 잠자리에 드시겠어요?

오셀로 데스데모나, 오늘 밤 기도는 했소?

데스데모나 했어요, 여보.

오셀로 아직도 하늘의 은총과 화해하지 못한
죄가 생각난다면 지금 바로 기도해
용서를 구하시오.

데스데모나 아, 여보, 그게 무슨 말씀이세요?

오셀로 자, 어서 하시오. 짧게. 난 곁에서 걷고 있겠소.
준비되지 않은 당신의 영혼을 죽이진 않겠소.
아니, 그건 안 돼. 당신의 영혼을 죽이진 않을 거야.

데스데모나 죽인다고 하셨나요?

오셀로 그렇소.

데스데모나 그렇다면 하늘이시여,
제게 자비를 베푸소서!

오셀로 진심으로 아멘,

데스데모나 그렇게 말씀하시니 절 죽이시진 않겠지요.

오셀로 흠!

데스데모나 하지만 무서워요. 당신이 두 눈을 그렇게 굴릴 때는
뭔가 위태로우니까요. 제가 지은 죄를 모르니까
왜 무서운지 이유를 모르겠어요. 그런데 무서워요.

오셀로 당신이 저지른 죄들을 생각해 봐.

데스데모나 제 죄는 당신을 사랑하는 죄뿐이에요.

오셀로 아, 그러니까 죽는 거야.

데스데모나 사랑하기 때문에 죽이는 건 이상해요.
아, 왜 그렇게 아랫입술을 깨무세요?
뭔가 잔인한 격정이 당신 온몸을 뒤흔드는군요.
이건 불길한 전조예요. 하지만 그 격정이 저를
향하지 않기를 바라요.

오셀로 입 다물고 가만히 있어!

데스데모나 그럴게요. 그런데 무슨 일이지요?

오셀로 내가 몹시
아끼다가 당신에게 준 손수건을
당신은 캐시오에게 줬어.

데스데모나 아니에요. 제 목숨과 영혼을 걸고 아니에요.
그분을 불러서 물어보세요.

오셀로 어여쁜 그대, 조심해.
위증을 조심하라고. 당신은 죽음의 침상에 누워 있으니.[36]

데스데모나 그래요. 하지만 아직은 아니에요.

오셀로 아니, 곧 죽을 거야.
그러니까 당신 죄를 솔직하게 고백해.
조목조목 죄를 맹세하며 부인해도
신음하며 느끼는 내 강력한 믿음을 제거하거나

---

36) 데스데모나가 자신의 침대 위에서 곧 죽을 것을 암시하는 대사다.

억누를 수 없어. 당신은 죽을 거야.

데스데모나 그럼 주님, 제게 자비를 베푸소서!

오셀로 아멘.

데스데모나 당신도 제게 자비를 베푸시길. 전 평생
당신께 죄 지은 일이 없고, 캐시오를 사랑하지도 않았어요.
단지 하늘이 모든 이에게 허락하시는 정도의
호의를 보였어요. 그분께 사랑의 증표를 주지 않았어요.

오셀로 맹세코, 그자의 손에서 내 손수건을 봤는데도!
오, 위증을 일삼는 여인이여, 내 가슴을 돌처럼 만들어
내가 하려는 일을 살인이라고 부르게 만드는구나.
난 그 일을 희생이라고 생각했는데!
그 손수건을 봤어.

데스데모나 그럼 그분이 주운 거겠지요.
전 손수건을 준 적이 없어요. 그분을 이리로 불러와서.
진실을 고백하게 하세요.

오셀로 이미 고백했어.

데스데모나 뭐라고요, 여보?

오셀로 당신과 관계를 가졌다고 말이야.

데스데모나 어떻게요? 부정하게요?

오셀로 그래.

데스데모나 그런 말을 할 리 없어요.

오셀로 못하지. 놈의 입을 막아 버렸으니까. 정직한 이아고가
그 일을 처리했어.

데스데모나 오, 무서운 이유를 알겠다!
그분이 죽었나요?

오셀로 그놈 머리카락마다 모두 생명이 있다면
내 엄청난 복수심이 그걸 다 먹어치웠을 거야.

데스데모나 아, 그분은 계략에 빠지고 나도 끝이구나.

오셀로 그쳐, 매춘부야! 놈 때문에 내 앞에서 우는 거냐?

데스데모나 오, 여보. 절 내쫓으시고 죽이진 마세요.

오셀로 일어나지 마, 이 매춘부야!

데스데모나 내일 죽이세요. 오늘 밤만은 살려 주세요.

오셀로 안 돼. 저항하면—

데스데모나 반 시간만이라도!

오셀로 일단 시작했으니 지체할 시간 없어.

데스데모나 기도 한 번 올릴 동안만이라도!

오셀로 너무 늦었어.

데스데모나 오, 하느님, 하느님, 하느님! (그가 그녀 목을 조른다)

에밀리아 (밖에서)[37] 장군님, 장군님! 여보세요! 장군님, 장군님!

오셀로 무슨 소리지? 안 죽었나? 아직 완전히 죽지 않았나?

---

37) 원문에서는 'within'이라고 되어 있지만 오셀로 방 밖에서 에밀리아를 부르고 있기 때문에 '밖에서'로 번역했다.

난 잔인하지만 자비로운 사람인지라
당신이 고통 속에 머물지 않도록 하겠다.
자, 자.

에밀리아 (밖에서) 여보세요! 장군님, 장군님!

오셀로 누구냐?

에밀리아 (밖에서) 오, 장군님, 드릴 말씀이 있습니다.

오셀로 그래. 에밀리아로군. (에밀리아에게) 곧 간다. 죽었군.
캐시오의 죽음을 전하러 온 모양이군.
밖에 소리가 컸지. 하, 더 이상 움직이지 않겠지?
무덤처럼 조용하군. 에밀리아를 들일까? 괜찮을까?
다시 움직이는 것 같아. 아니야, 어떻게 해야 좋을까?
에밀리아가 들어오면, 분명히 아내에게 말을 걸 텐데.
내 아내! 내 아내라니! 무슨 아내? 내겐 아내가 없어.
오, 견디기 힘들다! 오, 슬프도다!
지금은 마치 거대한 일식과 월식이 일어나
겁에 질린 지구가 그러한 변화에
입을 크게 벌리는 것만 같아.

에밀리아 (밖에서) 제발 부탁입니다.
꼭 드릴 말씀이 있어요! 장군님!

오셀로 깜박 잊고 있었네. 오 에밀리아, 들어와라,
잠시만. 곧 간다. 커튼을 쳐야지.

어디 있느냐? 이 시간에 무슨 일이냐?
(문을 연다)

(에밀리아 등장)

에밀리아 오, 장군님. 저쪽에서 흉악한 살인이 일어났어요!
오셀로 뭐? 지금?
에밀리아 지금 막 일어났어요, 장군님.
오셀로 그건 바로 달이 궤도를 벗어난 탓이야.
평소보다 지구에 가깝게 접근해서
사람들을 미치게 만든 거지.[38]
에밀리아 장군님, 캐시오 부관이
로더리고라는 베니스 청년을 죽였어요.
오셀로 로더리고가 죽었어? 그리고 캐시오도 죽었어?
에밀리아 아니오, 캐시오 부관은 안 죽었어요.
오셀로 캐시오가 안 죽었다고?
그럼 살인의 박자가 맞지 않아 달콤한 복수는
힘들어지는구나.
데스데모나 오, 억울하게, 억울하게 살해되었다!
에밀리아 오, 장군님, 저게 무슨 소리죠?

---

38) 달은 광기와 관련이 있다.

오셀로 저거라니? 뭐?

에밀리아 어머나 세상에, 저건 마님의 목소리였는데.

(침대 커튼을 젖힌다)

살려 줘, 살려 줘, 여기요, 사람 살려! 오, 마님, 다시 말해 봐요.
사랑스러운 데스데모나, 착한 마님, 말 좀 해 봐요!

데스데모나 죄도 없이 난 죽어.

에밀리아 오, 누가 이런 짓을
했어요?

데스데모나 아무도 하지 않았어. 내가 그랬어. 잘 있어.
친절한 내 남편에게 안부 전해 줘. 오, 잘 있어! (죽는다)

오셀로 아니, 어떻게 살해되었을까?

에밀리아 아아, 누가 알겠어요?

오셀로 내가 죽인 게 아니라 그녀 스스로 했단 말을 들었지.

에밀리아 그렇게 말하셨어요. 전 반드시 사실대로 보고해야 해요.

오셀로 그 여자는 지옥 불에 떨어진 거짓말쟁이와 같아.
죽인 건 바로 나였어.

에밀리아 오, 마님은 더욱더 천사고
장군님은 더욱더 추악한 악마예요!

오셀로 그녀는 음탕한 짓을 저질렀어. 창녀였다고.

에밀리아 마님에 대해 그런 거짓말을 하다니 당신은 악마예요.

오셀로 물처럼 지조가 없는 여자였어.

에밀리아 마님이 지조가 없었다고
말하는 당신은 불처럼 성급하죠. 오, 천사처럼 진실하셨죠!

오셀로 캐시오가 그년을 올라탔어. 네 남편에게 물어봐.
정당한 근거도 없이 이런 극단적인 일을 저질렀다면,
난 지옥의 가장 깊은 밑바닥으로 떨어져
저주를 받으리라. 네 남편은 모두 다 알고 있지.

에밀리아 내 남편이요?

오셀로 네 남편.

에밀리아 마님께서 부정을 저질렀단 사실을요?
결혼에 부정을 저질렀다고요?

오셀로 그래, 캐시오하고. 그녀가 정숙했다면
하늘이 내게 순수하고 완벽한 황옥으로 이뤄진
또 다른 세상을 만들어 준다 해도,
그걸 위해 그녀를 팔지 않을 거야.

에밀리아 제 남편이요?

오셀로 그래, 처음으로 알려 준 자가 네 남편이었다.
사람이 정직해서 더러운 행위에 달라붙은
끈적끈적한 걸[39] 증오하지.

---

39) 원문에는 'slime'으로 되어 있는데 여기서 성적인 의미로 점액을 의

에밀리아 제 남편이요!

오셀로 어째서 이렇게
반복하느냐? 그래. 네 남편이다.

에밀리아 오, 마님, 악행이 사랑을 조롱했어요!
제 남편이 마님께서 부정을 저질렀다고 말했다고요?

오셀로 그래, 이 여자야
네 남편이라니까. 무슨 말인지 알겠느냐?
내 친구이자 네 남편인 정직하고 정직한 이아고 말이야.

에밀리아 남편이 그렇게 말했다면 그 사악한 영혼은
하루에 절반씩 썩어 문드러져라! 완전히 거짓말이에요.
마님은 이 더러운 결혼을 몹시도 좋아하셨는데!

오셀로 하!

에밀리아 마음대로 해 보세요.
당신이 저지른 짓으로 천국으로 갈 자격이 없듯이
당신은 마님한테 돌아갈 자격도 없어요.

오셀로 조용히 해, 그게 좋을걸!

에밀리아 당신이 날 해칠 능력은 내가 견뎌 낼 수 있는 것에 비해
절반도 못 돼요. 오 얼간이, 오 멍청이!
더러운 흙처럼 무지한 놈! 당신이 저지른 짓은
(오셀로가 칼로 그녀를 위협한다)

미한다.

난 칼 따윈 두렵지 않아. 스무 번이나 목숨을 잃는다 해도
당신이 한 짓을 알리겠어요. 살려 줘, 살려 줘. 여기요, 살려 줘요!
무어인이 마님을 죽였어요! 살인이야, 살인!

(몬타노, 그라시아노, 이아고 등장)

몬타노 무슨 일이오? 장군, 어찌 된 일입니까?

에밀리아 오, 이아고, 당신 왔군요? 참 잘도 했네.
남들이 저지른 살인죄를 당신 목에 씌우고 있다고요.

그라시아노 무슨 일이오?

에밀리아 당신이 남자라면, 이 악당[40]이 말한 거짓을 밝혀줘요.
마님이 부정을 저질렀단 걸 당신이 말했다는데
사실이 아니라는 걸 난 알아요. 그런 악당은 아니니까.
어서 말해 봐요. 가슴이 터질 것 같아.

이아고 내 생각을 말씀드렸어. 장군께서 직접 사실이라고
인정하신 일만 말씀드렸을 뿐이라고.

에밀리아 하지만 마님이 부정을 저질렀다고 말한 적이 있어요?

이아고 있지.

에밀리아 거짓말을 했어. 흉악하고 저주받을 거짓말을!

40) 오셀로를 의미한다.

내 영혼에 맹세코, 거짓말이야, 사악한 거짓말이라고!
마님과 캐시오가 부정을 저질렀다고? 상대가 캐시오라고 했어?

이아고 그래, 캐시오하고. 이봐, 입 다물어.

에밀리아 입 다물지 않을 테야. 난 말해야겠어요.
마님께서 여기 자기 침대에서 살해당하셨어요.

모두 오, 하느님 맙소사!

에밀리아 당신이 한 말들이 살인을 부추겼어요.

오셀로 아니, 여러분 놀라지 마시오. 정말 사실이오.

그라시아노 사실치고는 해괴한 일이로군.

몬타노 오, 끔찍한 짓이야!

에밀리아 악행이다, 악행이야, 악행!
생각해 보니 냄새가 났던 것 같아. 오 악행이다!
그때도 그런 생각이 들었어. 슬퍼서 죽겠구나.
오, 악행이야, 악행!

이아고 아니, 미쳤어? 당장 집으로 가!

에밀리아 훌륭하신 여러분, 말 좀 하게 해 주십시오.
남편 말에 복종해야 옳겠지만 지금은 아닙니다.
이아고, 아마 난 집에 다시는 안 갈지도 몰라.

오셀로 오! 오! 오! (침대 위로 쓰러진다)

에밀리아 그래, 거기 엎어져서 울부짖어라.
당신은 눈을 들고 바라본 사람들 중 가장 사랑스럽고

순결한 분을 죽였으니까.

오셀로 오, 더러운 여자였어.
숙부님, 못 알아볼 뻔했군요. 조카가 저기 누워 있어요.
방금 이 손으로 그녀의 숨을 끊었습니다.
물론 끔찍하고 잔인한 행동으로 보이시겠지요.

그라시아노 불쌍한 데스데모나, 네 아버지가 돌아가셔서 다행이다.
네 결혼이 그분께 치명적이었어. 순전히 슬퍼서
늙은 명줄이 둘로 끊어졌어. 지금 그분이 살아서
이 광경을 보시면 절망적인 행동을 하셨을 거다.
그래, 자신을 지켜 주는 천사를 저주하며,
영벌(永罰)을 받으실 거다.

오셀로 안타까운 일이지만 데스데모나가 수천 번이나
캐시오와 부끄러운 짓을 저지른 사실을
이아고가 알고 있습니다. 캐시오도 자백했고요.
그 여자는 제가 사랑의 징표이자 약속으로
처음 준 물건을 사랑 행위에 대한 감사로
그자에게 주었습니다. 그게 그자 손에 있을 걸 제가 봤는데
바로 손수건입니다. 제 아버지께서 어머니께 주신
오래된 징표이지요.

에밀리아 오, 하느님 오, 하늘에 계신 하느님!

이아고 제기랄, 입 다물어!

에밀리아 밝혀질 거야, 밝혀질 거라고! 입 다물라고?
아니, 북풍이 마구 불어 대듯 솔직하게 다 말하겠어.
하느님과 인간과 악마 모두가 내게 창피하다고
고함을 쳐도 난 말하겠어.

이아고 정신 차리고 집으로 가.

에밀리아 안 가. (이아고가 칼로 에밀리아를 찌르려 한다)

그라시아노 저런! 여자에게 칼을 들이대?

에밀리아 오, 어리석은 무어인아, 당신이 말하는 손수건은
내가 우연히 발견해 남편에게 주었어요.
그런 하찮은 물건에 어울리지 않을 정도로
자주 그것도 엄숙하고 진지한 태도로
손수건을 훔쳐 달라고 간청했으니까요.

이아고 악랄한 매춘부야!

에밀리아 마님이 캐시오에게 주었다고요? 아니요. 아아,
내가 발견해서 남편에게 주었다고요.

이아고 더러운 년, 거짓말이야!

에밀리아 하늘에 맹세코, 여러분, 거짓말이 아니에요.
오, 사람이나 죽이는 멍청이. 저런 바보가
훌륭한 아내를 둬서 뭘 하겠어?

(오셀로가 이아고에게 달려든다. 이아고는 아내를 찌른다)

오셀로 하늘에 내리칠 게
벼락 말고는 없는 것인가? 지독한 악당!

그라시아노 여자가 쓰러진다. 분명 자기 아내를 죽였어.

에밀리아 그래요, 그래요. 오, 저를 마님 옆에 눕혀 주세요.

(이아고 퇴장)

그라시아노 놈이 도망쳤어, 하지만 아내는 죽었다.

몬타노 악당임이 분명해요. 이 무기를 받으십시오.
제가 무어인에게서 빼앗은 겁니다.
자, 문밖을 지키시고 그자를 죽이더라도
못 나가게 막으십시오. 전 이 악당 놈을 뒤쫓겠습니다.
저주받을 놈이니까요.

(몬타노와 그라시아노 퇴장)

오셀로 온갖 시시한 애송이가
내 칼을 빼앗아 가다니. 이제 내 용맹은 사라졌다.
하지만 명예가 정직보다 더 오래 살아서 무엇하랴?
모두 다 사라져라.

에밀리아 마님, 부르시던 노래가 뭘 예언한 거죠?

들어 보세요. 제 말이 들리세요? 저도 백조처럼
노래하며 죽겠어요. (노래한다) 버들아, 버들아, 버들아.
무어인아, 마님은 순결했고 당신을 사랑했어. 잔인한 무어인.
진실을 말하니 내 영혼은 축복받으리!
생각대로 말하며 아, 난 죽는다. (죽는다)

오셀로 이 방에 다른 칼이 있어.
스페인 칼인데. 얼음같이 차가운 물로 담금질한 칼이야.
오, 여기 있다. 숙부님, 전 나가야겠어요.

그라시아노 (밖에서) 방에서 나오면, 비싼 대가를 치러야 할 걸세.
자넨 무기가 없지 않나. 그러니까 어쩔 수 없이 참아야지.

오셀로 그럼 들어와 저를 보시고 같이 얘기 좀 합시다.
안 그러면 무기 없이도 숙부님을 공격할 겁니다.

(그라시아노 등장)

그라시아노 무슨 일인가?

오셀로 보세요, 저도 칼이 있습니다.
군인의 허벅지에 이보다 좋은 칼이 걸린 적은
없습니다. 이 보잘것없는 팔과 이 좋은 칼을
이용해 숙부님이 절 막는 것보다
스무 배나 더 많은 장애물을 헤쳐 나갔던

날도 있지요. 하지만, 오 헛된 자랑일 뿐.
누가 자기 운명을 통제할 수 있을까요? 지금은 안 그래요.
제가 무기를 지녔다고 해서 두려워 마십시오.
여기가 제 여정의 끝입니다. 여기가 제 최종 목적지이고
가장 먼 항해의 끝입니다.
간담이 서늘해져 물러나시는 건가요? 괜한 두려움입니다.
오셀로의 가슴에 지푸라기 하나만 갖다 대도
물러날 겁니다. 오셀로는 어디로 가야 합니까?
자, 당신의 모습은 지금 어떤가? 오 불운한 여인이여,
속옷처럼 창백하구나. 최후의 심판 날 우리가 만나면
당신의 이 모습 때문에 내 영혼은 천국에서 내던져져서
악마들이 낚아채 갈 것이오. 당신의 순결만큼이나
차갑다, 차가워, 여인아. 오 저주받을, 저주받을 놈!
악마들이여, 날 채찍질하라.
이 천사와 같은 모습을 간직하지 못하도록!
바람으로 날 날려 버려라. 유황불로 날 태워 버려라.
가파르고 깊은 지옥의 불바다 속에 날 담가 버려라!
오, 데스데모나, 죽었구나. 데스데모나! 죽었어! 오, 오!

(로도비코, 몬타노, 관리들이 호송하는 이아고, 그리고 들것에 실린 캐시오 등장)

로도비코 이 성급하고도 지극히 불행한 자는 어디 있소?

오셀로 오셀로였던 자 말이오? 여기 있소.

로도비코 독사 같은 놈은 어디 있소? 그 악당을 데려오라.

오셀로 그놈의 발을 내려다봐도 꾸며 낸 이야기일 뿐
네놈이 악마라면 죽일 수 없겠지. (이아고를 찌른다)

로도비코 오셀로의 칼을 빼앗아라.

이아고 피는 나지만 죽지는 않았소.

오셀로 나도 아쉽진 않아. 네놈을 살려 두겠다.
내 심정으로는 죽는 것이 차라리 행복할 테니까.

로도비코 오, 오셀로, 한때는 그토록 훌륭한 분이셨는데
저주받은 놈의 간계에 빠지고 말았구려.
당신에게 무슨 말을 해야겠소?

오셀로 뭐, 아무렇게든 상관없습니다.
원하시면 명예로운 살인자라고 해 주십시오.
미움이 아니라 명예로 모든 짓을 했으니까요.

로도비코 이 비열한 놈이 악행의 일부를 자백했소.
놈과 함께 캐시오를 죽이는 일에 동의했소?

오셀로 그렇소.

캐시오 장군님, 그럴 만한 빌미를 드린 적이 전 없습니다.

오셀로 나도 자네 말을 믿네. 그래서 자네에게 용서를 구하네.
부탁하건대, 절반은 악마 같은 저놈에게

어째서 내 영혼과 육체를 덫에 빠뜨렸는지 물어보겠나?

이아고 내게 아무것도 묻지 마시오. 당신이 아는 건 알 테니
지금부터 난 한마디도 하지 않겠소.

로도비코 뭐, 기도도 하지 않겠다고?

그라시아노 고문을 하면 입을 열겠지.

오셀로 그래, 입을 여는 게 좋을 거다.

로도비코 장군, 무슨 일이 일어났는지
장군은 모르는 것 같으니 알려 드리겠소. 여기 이 편지는
살해당한 로더리고의 주머니에서 나왔고,
여기 또 다른 편지가 있소. 그중 하나를 보면
캐시오를 살해한다는 내용인데, 집행자는
로더리고로 되어 있소.

오셀로 오, 나쁜 놈!

캐시오 너무나 야만적이고 끔찍해요!

로도비코 여기 불만으로 가득 찬 또 다른 편지가 있는데
역시 로더리고의 주머니에서 나왔어요. 이 편지는
로더리고가 이 저주받을 악당 놈에게 전하려고 했는데
아마도 그 순간에 이아고가 나타나
만족시킬 만한 설명을 해 준 것 같소.

오셀로 오 악독한 놈!
캐시오, 자네는 내 아내의 손수건을 어떻게

갖게 되었나?

캐시오 제 방에서 주웠습니다.
방금 전에 저놈이 직접 자백했는데,
특별한 목적을 이루려고 손수건을 떨어뜨렸고
바라던 바를 이뤘답니다.

오셀로 오, 바보, 바보, 바보!

캐시오 게다가 로더리고 편지에는
이아고를 비난하는 내용이 있는데, 이아고가 시켜
경계를 서다 저한테 싸움을 걸게 했답니다.
그 결과 저는 직위를 잃었고요, 방금 전에도 한참 동안
죽은 것처럼 보였던 그자가 말하길, 이아고가 자신을 찔렀고
자기를 부추겼다고 했어요.

로도비코 (오셀로에게) 이 방을 떠나 우리와 함께 가야겠소.
장군의 권한과 지휘권을 박탈하고
캐시오가 사이프러스를 통치할 것이오. 이놈에게는
많은 고통을 주면서도 오래 살려 놓을 수 있는
교묘하고 잔인한 고문을 있는 대로
시행하겠소. 장군은 잘못의 진상을
베니스 정부에 알릴 때가지 죄수로 가두겠소.
자, 그를 데려가라.

오셀로 잠시만, 가시기 전에 한두 마디만 하겠소.

난 국가에 공헌을 좀 했고, 그들도 그걸 아오.
그 얘긴 더 이상 안 하겠소. 부디 당신이 편지로
이 불행한 행위들을 보고할 때
나에 대해 있는 그대로 써 주십시오. 죄를 줄이거나
악의를 가지고 적지도 말아 주십시오. 현명하게 사랑하지는
못했지만 너무나도 많이 사랑한 사람이었다고 써 주십시오.
쉽게 질투하지는 않지만 일단 질투에 사로잡히면
극도로 혼란스러워하는 자이고, 마치 천박한 인디언처럼
자기 손으로 자기 종족 전체보다도 더 값진 진주를
던져 버린 자이며, 눈물 흘리는 데 익숙하진 않았지만,
차분히 가라앉은 두 눈으로 아라비아의 나무가
수액[41]을 흘리듯 쉬지 않고 눈물을 쏟았던 자라고
써 주십시오. 이렇게 적어 주신 다음
덧붙여, 언젠가 알레포에서 터번을 두른 악랄한 터키 놈이
베니스인을 때리고 정부를 욕했을 때,
내가 그 할례받은 개 같은 놈의 목을 잡아
찔렀다고 하시오. 이렇게! (자신을 찌른다.)

로도비코 오, 잔혹한 종말이다!

그라시아노 모든 말이 허사로구나!

오셀로 당신을 죽이기 전에 키스를 했지. 이 방법밖에는 없소.

41) 아라비아 나무의 진액이 몰약(myrrh)의 원료가 된다(*Arden* 330).

스스로 목숨을 끊어 키스하면서 죽는 수밖에 없구나.

(데스데모나에게 키스하고 죽는다)

캐시오 이렇게 될까 두려웠지만, 무기가 없으신 줄 알았는데.
자부심이 대단한 분이셨으니 말이지요.

로도비코 (이아고에게) 오 스파르타의 개[42] 같은 놈!
고통이나 굶주림, 성난 바다보다도 더 잔인한 놈아.
이 침대에 실려 있는 비극을 봐라.
이게 다 네놈 짓이다. 눈 뜨고 이 광경을 볼 수가 없구나.
안 보이게 가리시오. 그라시아노 님, 이 집을 지키시고
무어 장군의 재산을 압수하십시오.
어르신께 상속이 되니까요. 총독인 당신에게
이 지독한 악당 놈의 형벌을 집행하는 일을 맡기겠소.
시간과 장소를 정해 고문까지. 오, 반드시 집행하시오!
저는 곧장 배를 타고 본국으로 돌아가
슬픈 마음으로 이 비참한 사건을 보고하겠소. (모두 퇴장)

42) 스파르타 개는 사나운 사냥개의 일종이었다.

작품 해설

셰익스피어의 4대 비극 중 하나인 『오셀로(Othello)』는 셰익스피어 사후 1622년 처음 4절판(Quarto)으로 출판되었고, 1623년 다시 2절판(Folio)으로 출판되었다. 2절판 텍스트는 4절판 텍스트에 비해 160줄이 더 길고 1,000곳 이상에서 어법이 다르다. 두 텍스트의 두드러진 차이 때문에 『오셀로』는 활자로 편집하기에 가장 복잡한 극 중 하나로 간주되었다. 『오셀로』의 최초 공연 기록은 1604년 제임스 1세(James I)를 위해 화이트 홀 궁정에서 상연한 것이다. 『오셀로』의 원전은 1584년 출판된 친티오(Chinthio)의 『헤카토미티(Hecatommithi, 1565)』 이야기에서 가져왔다고 전해진다. 셰익스피어가 『오셀로』의 플롯 대부분을 차용한 『헤카토미티』는 당시 영어로 번역되지 않았기 때문에 아마도 셰익스피어가 이탈리아어 원문이나 프랑스어 번역서를 읽었을 것으로 추측된다.

『오셀로』는 국가라는 무대 위에 왕이나 왕자가 등장하거나 마녀나 유령이 등장해 초자연적인 분위기를 자아내는 셰익스피어의 다른 비극들과 달리 표면적으로는 남녀의 사랑과 질투 등을 그리며 가정 비극의 성격을 띠고 있다. 하지만 『오셀로』는 남녀 간의 비극적인 사랑 이외에도 다양한 주제를 담고 있다. 이 작품은 등장인물들이 느끼는 혼란과 갈등, 내면에 잠재된 인간의 본성이라는 성격적 결함, 인종 편견, 가부장제, 여성 혐오, 극단적 개인주의 등 당대의 사회적인 이념들과 정치·사회적 상황을 잘 반영하고 있다.

무어인인 오셀로는 흑인이지만 자신의 능력을 인정받아 배타성이 강한 베니스 사회에서 충직하고 믿음직한 장군으로 통한다. 극의 전반부에서 오셀로는 베니스의 안전한 사회를 위해 꼭 필요한, 자신감 넘치고 이상적이며 용맹스러운 전형적인 군인의 모습을 보인다. 극 중에 등장하는 인물들은 대부분 오셀로가 훌륭한 인물임을 인정하며 "고귀한 무어인(noble Moor)"이라고까지 부른다. 베니스의 타 인종에 대한 편견에도 불구하고 베니스인들의 인정을 받은 오셀로는 당당함은 물론 약간의 자만심까지 보인다. 이아고가 데스데모나와의 결혼을 브라반시오가 인정하지 않을 것이라며 오셀로를 자극하는 장면에서도 오셀로는 둘의 결혼이 문제될 것이 없다며 자신감을 내비친다. 그는 자신이 베니스 사회의 안보를 책임지고 있기 때문에 베니스 사회에서 인정받고 있다고 확신하지만, 오히려 베니스인들은 타 인종이 자신들의 국가에서 성공을 거두며 그들의 영역을 침범한다는 사실을 받아들이기 어렵고 이에 상대적 열등감에 빠진다. 베니스인들의 열등감은 오셀로에 대한 악의로 변하는데 이러한 악의는 이아고를 통해 잘 드러난다. 특히 오셀로를 향한 베니스인들의 인종

차별적이고 경멸적인 표현을 담은 대사가 자주 등장하는데 이는 당대의 타 인종, 특히 흑인에 대한 사회적 인식을 잘 보여 준다.

베니스 사회에서 성공한 장군인 오셀로의 모습 이면에는 항상 자신이 이방인이라는 열등감이 존재한다. 오셀로가 자신의 입지를 더욱 공고히 하고 내재된 열등감을 해소하기 위해 택한 방법은 데스데모나와의 결혼이다. 완전한 베니스인이 되기 위한 오셀로의 잠재적인 열망은 실현되고, 피부색에 대한 열등감과 그로 인해 야기되는 정체성의 혼란을 말끔히 없애 버리고자 한 그의 계획이 어느 정도 성공한 것처럼 보인다. 하지만 결혼 후에 오셀로는 이아고의 계략에 쉽게 말려들면서 자신의 내면에 잠재되어 있는 이방인으로서의 열등감을 포함한 성격적 결함들을 서서히 드러내고 만다. 부관으로 피렌체 출신인 캐시오를 선택한 것에 대해 불만을 품은 이아고가 복수를 위해 꾸민 계략에 말려들면서 오셀로의 내재된 열등감도 점점 자극을 받는다. 결국 오셀로는 내면에 숨겨져 있던 동물적이고 야만적인 모습을 표출한다. 이러한 오셀로의 변화는 분별력이 떨어지며 확실한 정황과 증거 없이 남의 말을 너무 쉽게 신뢰하는 성급한 오셀로의 성격을 보여 준다.

3막 3장에서 이아고가 오셀로를 계략에 빠뜨릴 속셈으로 내뱉는 대사들은 오셀로의 마음을 지배하고 있던 열등감이 되살아나는 계기가 된다. 이러한 열등감은 분노와 질투심으로 표출되고 기어코 데스데모나와의 결혼을 저주한다. 즉 데스데모나와의 나이 차이, 사회 관습적 차이 그리고 피부색 및 인종적 차이를 의식한다.

아마도 내가 흑인이고
난봉꾼처럼 낯간지러운 교제에 능하지 못하기 때문에
혹은 내 나이가 황혼기에 접어든 까닭에—별로 그렇지 않은데—
그녀는 떠났어. 난 모욕을 당했어, 그녀를 미워하는 길만이
내 위로가 되리라. 오, 저주스러운 결혼이여,
이 아름다운 여인들을 우리 것이라 부르면서
그들의 욕망은 가질 수 없다니!

오셀로는 이아고로부터 아내가 부정을 저지르기에 충분하다는 이야기를 듣고 난 후 내면에 자리 잡고 있던 열등감의 요소인 피부색과 나이 등의 이유로 데스데모나로부터 배신당할지도 모른다는 강한 격정에 사로잡히게 된다. 오셀로가 지닌 베니스 상류 사회의 이방인으로서의 이질성과 피부색에 대한 열등감은 오셀로를 혼란과 광증으로 이끌고, 자신은 물론 데스데모나마저 비극적인 결말로 유도한다. 이에 극 초반에 보여 줬던 '고귀한 무어인'의 모습은 사라지고 이아고보다 더 저급한 언어를 구사하는 오셀로는 거칠고 원시적이며 야만적인 모습으로 변모한다. 특히 피부색과 인종적 편견으로 인한 열등감 때문에 무의식적으로 표출하는 오셀로의 원시성은 데스데모나에게 결혼의 증표로 준 손수건이 지닌 마력을 언급하는 장면에서 잘 드러난다.

그 손수건 천에 마법이 들어 있지.

이 세상에서 태양이 이백 번이나 도는 동안
살아 있던 한 무녀가 강렬한 예언적 영감을 받아
손수건 천에 무늬를 수놓았소.
명주실을 뽑아낸 누에들도 신성했으며,
장인들이 처녀들의 심장을 달여 만든
미라 즙액으로 물들였다는구려.

오셀로는 손수건에 대해 이성을 초월한 신비주의와 마법을 언급하면서 손수건의 주인인 데스데모나에게 집요하고도 위협적이게 손수건을 보여 달라고 요구한다. 오셀로를 파국으로 몰아낸 결정적인 원인이 된 손수건은 오셀로가 데스데모나의 부정을 확신하는 중요한 단서가 된다. "정화된 신성한 누에들"이 실을 뽑아 "처녀들의 심장을 미라로 만들어 짜낸 즙액"으로 염색한 손수건은 여성의 정조를 강조하는 물건이다. 오셀로에게 손수건은 데스데모나의 결혼 첫날밤의 순결의 흔적을 간직한 침대보의 축소판이라 해석할 수 있다. 데스데모나의 순결에 대한 제유인 손수건을 잃어버렸다는 점은 그녀가 순결을 잃었음을 의미한다. 데스데모나가 캐시오에게 자신의 정표를 줬다고 확신한 오셀로는 강한 질투심에 사로잡히고 분노가 걷잡을 수 없이 커지자 격분해 손수건을 가져오라는 말만 되풀이한다. 이미 데스데모나가 손수건을 가지고 있지 않다는 사실을 알고 있는 오셀로는 아내의 부정을 확신할 증거를 잡았다며 데스데모나를 살해하려는 계획을 세운다.

오셀로의 열등감에서 기인한 질투심은 4막 2장까지 더욱 광증으로 확대된다. 극 초반에 보였던 고상하고 품위를 유지하는 장군의 모습과 데스데모나를 향한 숭고한 사랑은 사라지고 질투심에 사로잡힌 오셀로는 데스데모나를 창녀로 몰고, 폭언은 물론 폭력까지 행사하며 위협한다. 데스데모나가 자신의 결백을 주장하면 할수록 오셀로의 분노는 더욱 커지고 결국 그녀의 부정으로 음란해졌다고 생각하는 침대 위에서 그녀를 목 졸라 죽인다.

5막에서 오셀로는 이아고의 부인 에밀리아를 통해 자신이 이아고의 계략에 빠져 무고한 데스데모나를 살해했다는 사실을 알게 된다. 데스데모나가 살해된 모습을 보고 정황을 묻는 로도비코에게 오셀로는 자신의 명예를 위해 죽였다고 스스로 '명예로운 살인자'로 불러 달라고 말한다. 특히 오셀로의 마지막 대사는 데스데모나에 대한 사죄나 안타까움이 아니라 베니스 사회에 자신이 세운 공로를 내세우며 자신의 죄를 정당화하고 명예를 되찾고자 하는 모습을 보인다. 극 초반에 오랫동안 전쟁으로 겪은 고통을 이야기하며 자신의 명예에 대한 이미지를 형성했던 오셀로는 마지막 자살하는 순간까지도 자기중심적인 명예심을 형성하며 데스데모나의 살해를 정당화한다. 결국 오셀로의 내면에 잠재되어 있던 성격적 결함들이 서서히 본모습을 표출하면서 오셀로를 비극적인 파멸로 이끈다.

『오셀로』에서 오셀로와 데스데모나의 비극을 초래한 가장 큰 원인은 이아고의 계략이라 할 수 있다. 베니스인들이 느끼는 오셀로에 대한 상대적 열등감의 대변인이라 할 수 있는 이아고는 이 작품에서 시종일관 악인의 모습을 유지한다. 이아고는 자신이 부관이 될 것이라고 기대했지만, 오셀로가 이방인인 캐시오를 부관으로 임명하면서 오셀로를 향한 적대감을 갖는다. 이 사건을 계기로 이아고는 계략을 꾸미기 시작한다. 또한 오셀로가 이아고의 부인인 에밀리아와 부정한 관계를 맺었을 것이라는 추측도 오셀로에 대한 원한의 동기가 된다. 이아고는 이 두 가지 동기로 시작된 악행을 실행해 오셀로뿐만 아니라 데스데모나를 비극적인 파멸에 이르게 한다. 이아고의 주장이 사실일지라도 그가 벌인 엄청난 악행은 인간이 저지른 일이라고 볼 수 없을 정도로 잔인하고 교묘하다.

이아고는 오셀로가 흑인인 점을 이용해 브라반시오와 오셀로의 갈등을 만들어 낸다. 브라반시오와의 갈등은 오셀로의 내면에 잠재되어 있던 열등감을 자극하고 질투로 인한 분노와 야만적인 본성을 드러내도록 유도한다. 이아고는 자신이 당한 치욕을 갚고 캐시오가 차지하고 있는 부관 자리를 되찾으려는 욕심을 채우고자 복수를 계획하고 죄 없는 사람들의 희생을 이용하는 악행을 서슴없이 저지른다. 그는 자신의 목표를 이루기 위해 데스데모나를 짝사랑하는 로더리고를 이용하고 그의 재산까지 가로챈다. 이아고는 자신의 계획대로 일이 진행되자 캐시오와 데스데모나의 부정을 이용해 오셀로의 질투심을 자극한다. 결국 이아고는 자신의 계략대로 부관 자리에 오르며 오셀로와 캐시오를 향한 복수를 성공한 것처럼 보이지만, 5막에서 자신의 악행이 드러나면서 파멸한다.

『오셀로』에서 비극적 파국에 이르기까지 극의 주요 사건이 이아고의 계획과 조종에 의해 진행된다. 이러한 점을 감안해 볼 때 이아고는 주인공 오셀로 못지않게 중요한 인물이며 그의 성격 역시 이 극이 비극으로 끝나는 데 큰 영향을 미친다고 볼 수 있다. 이아고는 자신이 남보다 낫다는 우월감을 지니고 있으며 특히 백인으로서 흑인인 오셀로에게 복종하고 충성해야 하는 현실에 분개한다. 또한 실력과 순서에 의해 등용되지 않고 추천장이나 인간관계의 배경에 의해 자리와 지위가 매겨지는 세상에 대해 격분한다. 이러한 이아고의 분노는 그가 이 세상의 가치에 대해 부정적이고 냉소적인 태도를 취하도록 한다. 이아고의 이기적인 냉소주의는 악행을 실행해 비극을 초래하는 동기가 된다. 이아고는 자신이 직접 무고한 사람들을 괴롭히거나 살해하는 것이 아니라 주로 선한 사람을 조종하면서 교묘히 계략을 꾸민다. 즉 그는 직접적인 방법이 아니라 간접적인 방법을 택해 일을 치밀하게 실행하는 매우 간교한 인물이다. 그는 외관상 선이라는 가면을 쓰고 교묘하게 행동하기 때문에 그의 주변 인물들이 모두 그에 대해서 의심을 하지 않는다. 사람들을 이용하는 이아고의 힘은 사람들의 약점뿐만 아니라 그들의 장점까지 꿰뚫어 보는 그의 통찰력에서 온다. 이아고는 로드리고가 데스데모나에 대한 짝사랑에 빠져 분별력을 잃고 있다는 점, 오셀로가 군인으로서 단순하다는 점, 데스데모나는 남을 의심할 줄 모르며 모든 사람에게 친절하다는 점, 캐시오는 술에 약하고 여자를 매혹시킬 수 있는 외모를 지닌 점 등을 간파하는 매우 예리한 통찰력을 지니고 있다. 게다가 이아고는 사람들이 처한 상황과 주변 환경 등도 놓치지 않고 포착해 내는 능력을 가지고 있다.

이러한 능력을 십분 발휘해 이아고는 자신의 본모습을 감추고 다른 사람들을 조정하고 이용해 자신의 계략을 아주 교묘히 수행한다.

이아고는 로더리고와 캐시오는 물론 오셀로까지 자신의 말을 철석같이 믿도록 만드는 능수능란한 언변을 지닌 인물이다. 그는 오셀로가 오해하도록 캐시오와 함께 잠을 자며 들었다는 잠꼬대 이야기와 데스데모나의 손수건이 캐시오의 수중에 있다는 이야기를 꾸며 내는 등 절박한 순간에도 임기응변으로 민첩하게 대처하는 기민성과 대담성도 지니고 있다. 즉 이 극에서 어떠한 위기에 몰리더라도 쉽게 대처해 나가는 이아고는 의지력이 강하고 놀라울 정도로 냉정하고 침착한 인물이다. 이아고의 이러한 장점들은 오로지 자신의 이기를 위해서만 쓰인다. 극의 마지막 순간까지도 그는 조금도 회개하지 않는 인물로 그려진다. 이아고의 신조인 철저한 이기주의에 대해 브래들리(A. C. Bradley)는 이아고에게 철저한 이기주의만이 이성적이고 적합한 태도이며 양심이나 명예와 같은 것들은 모두 쓸데없는 것이라고 언급한다(179). 브래들리의 지적처럼 이아고는 작품 내내 그의 자존심이나 자존감을 건드리는 어떤 것에도 아주 예민하고, 스스로를 높이 평가하고 다른 사람들을 멸시하며, 어떤 면에서 그가 다른 사람들보다 훨씬 우월하며, 그러한 그의 자존감에 상처를 입히면 바로 분노하는 성격적 결함을 그대로 드러낸다.

『오셀로』에서 가장 많이 나오는 단어는 '정직(honest)'인데 아이러니컬하게도 정직이란 단어는 스스로 악인을 자처하는 이아고의 입을 통해서 반복된다. 이아고는 오셀로가 한 번 믿은 사람에 대해서는 무조건적인 신뢰를 가진다는 점을 이용해 캐시오의 충직성을 의심하게 만든다. 이 작품에서 가장 정직이란 단어와 어울리지 않는 이아고는 정직이란 단어를 반복 구사하면서 자신의 사악한 본성을 은폐한다. 이렇게 이아고는 자신의 정직함을 도구로 오셀로가 데스데모나의 부정을 믿게 하고 그를 극단적인 질투심으로 몰아넣는다.

이아고의 악행은 극이 진행될수록 더욱 섬뜩해진다. 이아고는 1막에서 자신의 복수를 위해 이용한 로더리고를 자신에게 불리한 상황이 올 수 있다는 판단이 들자 거리낌 없이 살해한다. 그는 자신의 아내조차도 무시하고 냉소적으로 비판한다. 이아고는 자신의 부인을 사랑하고 아끼기보다 천대하고, 불신하고, 여성들의 정조에 대해 의심하는 사람이다. 이아고의 여성 혐오감은 아내에게 "창녀", "바보 계집"이라고 막말을 하고 오셀로와 동침을 했다며 제멋대로 판단하는 모습에서 잘 나타난다. 게다가 5막에서 에밀리아의 말 때문에 자신에게 불리한 상황이 오자 그녀를 거침없이 칼로 찔러 죽인다.

오셀로를 파멸시키기 위해서 시작된 이아고의 계략은 오셀로의 죽음으로 성공했다고 볼 수 있다. 하지만 이아고는 오셀로만 망가뜨린 것이 아니라 주위 무고한 사람들까지도 자신의 계략에 희생시키며 그들의 목숨까지도 희생시킨다. 무고한 이들의 희생은 결국 이아고를 파국으로 몰고 가는 결과를 낳는다. 이 작품에서 이아고의 죽음 장면은 그려지지 않는다. 그러나 극의 마지막 장면에서 로도비코가 캐시오에게 이아고의 형벌 집행을 맡기는 것으로 끝나기 때문에 아마도 이아고는 가차 없이 처벌받았을 거라고 추측할 수 있다. 이아고는 마지막 순간까지도 반성하지 않고 철저한 악인으로 남는다. 셰익스피어는 이아고를 통해 전통 질서를 무시하고 자신의 성공과 이익만을 추구하는, 당시의 개인주의로 초래되는 왜곡된 인간상을 제시하며 악의 본질과 개인과 사회의 비판적 통찰을 보여 준다.

『오셀로』에서 데스데모나는 극 초반에 당시 사회의 가부장 제도와 나이, 인종 등을 모두 무시한 채 이방인인 오셀로와 결혼을 선택하는 주체적인 여성으로 등장한다. 오셀로와의 결혼 의지를 단순히 감정만을 내세우기보다는 이성적으로 설명함으로써 그녀의 결혼을 반대하는 아버지를 이해시키고자 하는 지혜로운 여성임을 보여 주고 있다. 아버지의 권위에 대한 반항은 곧 죽음과 연결이 되는 시대에서 오셀로와의 결혼을 하고자 하는 데스데모나의 용기는 그녀 스스로 자신의 정체성을 확립하고자 하는 의지로 발현된다. 데스데모나의 주체적 결혼은 가부장제 사회에 대한 전복적 행위라 할 수 있으며, 그녀가 보이는 행위의 전복성은 가부장제에 위협으로 작용한다. 자신의 입장에 대해 적극적이고 당당한 모습은 데스데모나가 오셀로에게 캐시오의 복직을 간청하는 장면에서도 잘 나타난다. 데스데모나는 자신의 결혼을 선택했을 때처럼 캐시오의 복직도 자신이 추진하면 이뤄질 것이라 생각했지만 이때부터 그녀의 비극이 시작된다. 그녀는 오셀로의 기분이나 심리 상태는 고려하지 않고 끊임없이 캐시오의 복직을 요구한다. 그녀가 계속해서 캐시오의 복직을 요구하는 장면은 1막에서 보여 준 현명한 모습이 아니라 오히려 상황 판단력이 부족한 모습이라 할 수 있다. 데스데모나의 요청이 지속될수록 오셀로의 그녀를 향한 의심은 점점 커진다. 또한 이아고의 교묘한 계략으로 오셀로는 캐시오와 데스데모나의 부정을 더욱 확신한다.

특히 4막에서 데스데모나가 사이프러스를 방문한 로도비코에게 오셀로와 캐시오를 화해시키기 위해 뭐든지 하겠다고 말하는 장면은 오셀로에게 데스데모나의 부정을 완전히 확신하는 결정적인 순간으로, 오셀로의 내면에 잠재된 악마성을 끌어내는 계기가 된다. 이후 오셀로는 데스데모나에게 폭언과 폭력을 행사하며 자신을 배신한 대가로 그녀를 살해할 결심을 한다. 데스데모나는 마치 자신의 죽음을 예언한 듯 '버들 노래'를 부르며 자신의 부정에 대한 결백을 밝히는 데 소극적인 태도를 취한다. 그녀는 자신의 죽음을 적극적으로 피하려 하지 않고 운명처럼 받아들인다. 5막에서 에밀리아가 죽어 가는 데스데모나에게 "누가 이런 짓을 했느냐?"고 묻자 그녀는 자신이 직접 한 일이라고 답한다. 자기 자신을 살해했다고 말하는 데스데모나의 태도는 오셀로가 여성의 혀와 성적인 욕망을 완전히 제압해 자신의 의도대로 기호와 대상을 일치시키며 살인을 정당화하려는 태도와 대조를 이룬다. 순종과 미덕을 강조하는 가부장적 질서의 허구성을 드러내는 장면으로 오셀로가 그녀를 죽어서까지 지배하고자 하는 전략의 실패라고도 할 수 있다. 마지막 죽는 순간에 데스데모나가 오셀로에게 순종하며 살해를 당하는 점은 결국 그녀가 벗어나고자 했던 엄격한 가부장 이데올로기에 다시 편입되는 것을 의미한다. 하지만 그녀가 저항하지 않고 자기희생적 죽음을 스스로 택하는 것은 오히려 오셀로에게 끊임없이 의심받던 정조를 되찾는 행위로 해석해 볼 수 있다.

셰익스피어는 이아고라는 철저한 악의 화신을 창조해 인간에 내재되어 있는 악의 보편성에 초점을 맞춘 것으로 보인다. 이아고는 자신의 악을 표출하는 것뿐만 아니라 오셀로, 로더리고 그리고 캐시오 안에 내재된 악도 끌어내기 때문이다. 특히 시종일관 악인의 모습을 유지하는 이아고에 반해 오셀로는 극이 진행될수록 악한으로 변모해 잔인하고 폭력적인 모습을 보인다. 오셀로는 데스데모나를 사랑하기 때문에 살해한다는 비논리적인 전개를 펼치면서 자기중심적인 생각에 사로잡혀 살해의 죄를 스스로 정당화시킨다. 오셀로는 마지막 순간까지 데스데모나를 살해한 자신의 죄를 변명하고 스스로 두둔하는 모습을 보인다. 심지어 극적으로 가장 긴장된 순간인 자살하는 장면에서도 명예를 되찾고자 스스로 극화하고 관객들의 동정을 유도한다. 궁극적으로 셰익스피어는 오셀로와 이아고라는 인물을 통해 단순히 권선징악의 주제를 전달하려는 것이 아니라 급변하는 르네상스 시대 속에 왜곡된 인간상과 누구나 지닐 수 있는 인간 내면의 추악함과 악마성과 같은 근원적 문제를 접근하고자 한 것으로 보인다.

참고문헌

Bradley, A. C. *Shakespearean Tragedy: Lectures on Hamlet, Othello, King Lear, Macbeth*. London: Macmillan, 1974.

Cohen, Derek. *Shakespeare's Culture of Violence*. London: St. Martin's Press, 1993.

Coles, Jane. "Introduction" *The New Cambridge Shakespeare: Othello*. Cambridge: Cambridge UP, 2003.

Honigmann, E. A. J. "Introduction" *The Arden Shakespeare: Othello*. London: Thomas and Sons, 1997.

Loomba, Ania. *Gender, Race, Renaissance Drama*. Manchester: Manchester UP, 1989.

Wells, Stanley. "Introduction" *The Oxford Shakespeare: Othello*. Oxford: Oxford UP, 2008.

한국셰익스피어학회. 『셰익스피어 연극사전』. 서울: 동인, 2005.

셰익스피어 전집 007

오셀로

초판 인쇄　2020년 3월 13일
초판 발행　2020년 3월 20일

지은이　윌리엄 셰익스피어(William Shakespeare)
옮긴이　오수진
발행인　김인철
총괄 · 기획　윤성우 Director, University Knowledge Press
편집장　신선호 Executive Knowledge Contents Creator
기획 · 물류　이현진 Planning Expert
사전 · 도서편집　정준희 Contents Creator
전자책 · 도서편집　장혜린 Contents Creator
도서편집　이병철 Contents Creator
이근영 Contents Creator
재무관리　하누리 Managing Creator
발행처　한국외국어대학교 지식출판콘텐츠원
02450 서울특별시 동대문구 이문로 107
전화 02)2173-2493~7
팩스 02)2173-3363
홈페이지 http://press.hufs.ac.kr
전자우편 press@hufs.ac.kr
출판등록 제6-6호(1969. 4. 30)
디자인 · 편집　(주)이환디앤비 02)2254-4301
인쇄 · 제본　네오프린텍 02)718-3111

ISBN 979-11-5901-745-2 04840　정가 10,000원
ISBN 979-11-5901-255-6 04840 (세트)

*잘못된 책은 교환하여 드립니다.

불법복사는 지적재산을 훔치는 범죄행위입니다.

저작권법 제136조(권리의 침해죄)에 따라 위반자는 5년 이하의 징역 또는 5천만 원 이하의 벌금에 처하거나 이를 병과할 수 있습니다.

HU:NE은 한국외국어대학교 지식출판콘텐츠원의 어학도서, 사회과학도서, 지역학 도서 Sub Brand이다. 한국외대의 영문명인 HUFS, 현명한 국제전문가 양성(International+Intelligent)의 의미를 담고 있으며, 휴인(携引)의 뜻인 '이끌다, 끌고 나가다'라는 의미처럼 출판계를 이끄는 리더로서, 혁신의 이미지를 담고 있다.